神戸遥真

嘘泣き女王のクランクアップ

A film making story with a queen who cries crocodile tears...

Gakken

REC

神戸遥真

嘘泣き女王のクランクアップ

A film making story with a queen who cries crocodile tears...

Gakken

装画・挿し絵／萩森じあ
装丁／bookwall

登場人物紹介

Characters

豊川波瑠《とよかわはる》
中学二年生で、生徒会に所属。映像研究会（略して映研）が作る映画で、主人公・蓮也《れんや》役をつとめる。

星野凜子《ほしのりこ》
中学二年生で、波瑠《はる》のクラスメイト。映研の看板女優。
波瑠《はる》と同じ映画でヒロイン・澄花《すみか》役をつとめる。

沢口真《さわぐちしん》
中学二年生で、波瑠《はる》の幼なじみ。演劇部に入っている。

石黒浩《いしぐろひろ》
中学三年生で、映研の会長。脚本《きゃくほん》、監督《かんとく》を担当。

渡部美織《わたなべみおり》
中学二年生で、映研に所属。撮影《さつえい》、録音、編集などを担当。凜子《りこ》の親友。

駒方眞生《こまがたまお》
中学一年生で、映研に所属。助監督《じょかんとく》や製作進行、雑用などを担当。

豊川隆一《とよかわりゅういち》 / 豊川佳子《とよかわよしこ》
波瑠《はる》の両親で、おたがいを「隆《りゅう》ちゃん」、「よっちゃん」と呼びあう仲。

Contents 目次

クランクイン

なみだ【涙・涕・泪】

①涙腺《るいせん》から出て、眼球をうるおす液。刺激《しげき》や精神的な感動によって流れ出る。

「—を流す」

②同情。人情。

涙《なみだ》は目からこぼれる液体でしかない。なのに、それは過剰《かじょう》に意味づけされがちだ。泣いている子どもを見ればかわいそうだと思うし、かわいい女子が涙《なみだ》をこぼせばどうかしたのかとつい心配してしまう。

じゃあ、男子の涙《なみだ》は？

「豊川《とよかわ》くんも、泣いてみようよ」

嘘《うそ》泣《な》きの女王はそう言って、おれにむかってにこりと笑った。

1 映画に出てみない？

体育祭と中間テストがあった五月はあわただしく過ぎ、制服が夏服に衣がえになった六月。わが御幸町《みゆきちょう》第二中学では、年に一度の芸術鑑賞《かんしょう》会がおこなわれた。去年はオーケストラ演奏で、今年は地元の劇団による演劇。

劇のストーリーは、生きる楽しみを見いだせなくなっていた中学生男子の主人公が、不思議な世界に迷いこみ、紆余曲折《うよきょくせつ》しながらも自分の夢を見つけていくというもの。『不思議の国のアリス』の現代版、中学生の情操《じょうそう》教育によさそうな内容のトッピングつき、みたいなおもむきで、先生たちが好きそうだなとおれはつい冷めた目で見てしまう。

とはいえ、役者の人たちの演技はまさに迫真《はくしん》で、堂々《どうどう》とした立ち姿や体育館中にひびく声、ダンスには目をうばわれた。気づけば観ているこちらまでハラハラドキドキしながら息をのみ、最後は体育館をふるわせるような拍手《はくしゅ》で終演した。

舞台《ぶたい》が暗転し、反対に暗くなっていた体育館は明るくなる。一学年三クラスずつ、合計三百五十人ほどの生徒でいっぱいの体育館は、かなり蒸していた。入口のドアがあけられて、すずしい風が吹《ふ》きこみ空気が循環《じゅんかん》する。

予想よりは、まぁおもしろかったかもしれない。なんて考えながら、ふと横を見て、思わずギョッとした。

「え、何?」

となりの席にすわっていた真《しん》が、目鼻を真っ赤にしてボロボロに泣いていた。ずびっと洟《はな》まですすり、ぬれたほっぺたをハンカチでぬぐっている。

「な、なんか、すごくよくて。感動しちゃった」

家が近所で幼なじみでもある沢口《さわぐち》真は昔から感激屋、他人に共感しやすい性格だ。アニメで正義の味方が悪者にボコボコにされていれば、「がんばれ!」「負けるな!」と立ちあがってこぶしをふりまわし応援《おうえん》する。妹の自転車をだれかに壊《こわ》されたときは、自分のことのように怒《おこ》って犯人さがしをしようとした。失恋《しつれん》したクラスの女子の話を聞けば、自分のことのように涙《なみだ》ぐむ。

真はそういうやつだ。それは知っていた、けど。

おれは真の肩《かた》を軽くたたいて笑った。

「男なんだから、そんなに泣くなって。恥《は》ずかしいだろ」

おれはポケットティッシュを差しだした。真は「あひがと」と鼻をずびずびさせてそれを受けとり、ちんっとかむ。

感激屋で大げさな真の話を笑って聞いて、なぐさめるのはいつものこと。

だからそう、その言葉に、さして深い意味なんてなかった。

芸術鑑賞《かんしょう》会で午後の授業がつぶれたその日の放課後、一度生徒会室に行ったおれは、ペンケースを忘れたことに気がつき、すぐに二年一組の教室にもどることにした。

おれは現在、生徒会で書記をやっている。一年生のときに部活選びに迷ったあげく、生徒会執行《しっこう》部に入部したのがきっかけだ。

うちの中学の生徒会執行部《しっこう》には、選挙で選ばれた生徒会役員のほか、生徒会活動の手伝いをしたい生徒も自主的に参加できる。生徒会活動に興味がある一年生が入部して、二年生になったら生徒会役員選挙に立候補する、というのがよくある流れだ。

放課後の校舎は、すでに生徒の姿が少なくなっていた。廊下《ろうか》の窓から見おろせるグラウンドではサッカー部や野球部、陸上部が活動しているのが見え、校舎のどこかからは、吹《すい》奏楽部《そうがくぶ》のものらしい管楽器の音も聞こえている。

入りたい部活があった人はいいな、とたまに思う。

運動神経のないおれには、運動部という選択肢《せんたくし》はなからなく、かといって文化部も種類が限られていて強く興味をひかれるものはなかった。生徒会の仕事はきらいではなかったけど、ほかにやれそうな部活がなかったという、消去法でたずさわるようになったのが実情だ。なので、やる気に満ちた仲間たちを見ていると、たまにひけ目に感じることがある。中途半端《ちゅうとはんぱ》がいちばんかっこ悪いし、やると決めたからにはまじめにとりくんではいるものの、熱意みたいなものでは負けている気がしてしまう。

廊下《ろうか》を進んで階段をあがり、三階に行くと掲示板《けいじばん》が目に入った。歯ブラシを持ったネコのイラストの『歯と口の健康週間』のポスターの横に、いかにも手作りのチラシが貼《は》ってある。

『映画制作進行中！　泣ける感動ストーリーをいっしょに作りませんか？　男子の役者急《きゅう》募《ぼ》！　興味がある人は――』

映像研究会、略して映研のチラシだ。

映画制作を中心に活動している文化系のサークルで、今は部員が十人いなかったような。

チラシには、掲示《けいじ》するのに必要な許可印がなかった。

おれはスラックスのポケットからメモ帳を出し、『映像研のチラシについて注意』と書いておいた。タスクはいつもここにメモしている。生徒会室にもどったら相談しよう。

生徒会で活動するようになって、学校というのは細かいルールだらけの場所だと日々《ひび》実感する。チラシの一枚や二枚で、自分だって本当は注意なんかしたくない。

でも、それが集団生活というもの。

ルールを守るということは、空気を読むということによく似ている。ちょっとのルール違反《いはん》でも、積みかさなると和が乱れる。空気が読めない行動も、たびたびくりかえされば周囲から浮《う》くきっかけになる。

おれは、学校でうまくやれる人間になりたかった。特別に目立つことがなくても、必要な場面では頼《たよ》りにされて、うとまれることのない人間。なので、ルールは守るし、空気も読む。できることはまじめにやる。

廊下《ろうか》の角を曲がると、二年一組の教室はすぐだった。廊下《ろうか》にまで話し声が聞こえていて、どうやら女子数人が教室に残っておしゃべりしているらしい。話は盛りあがっているようで、笑い声がひびいている。割って入るのはいかにも空気が読めない感じがしてしまい、ためらったおれは足をとめた。

話が一段落するのを待つか、じゃましないようにそっと入るか。迷っていたそのとき、ふいに聞こえた。

「――そういえば、豊川《とよかわ》くんがさ」

この学校に、豊川という名字の生徒は自分しかいない。なんの話だといぶかしがっていたら、その女子は言葉をつづけた。

「芸術鑑賞《かんしょう》会のあと、沢口くんと話してて」

「沢口くん、めっちゃ泣いてたよね。わたしも最後のほうは感動したけど」

真はやっぱり泣きすぎだよな、なんて思っていたら。

「豊川くんが、沢口くんに『男が泣くな』みたいに言ってて、ちょっとひいちゃった」

予想もしていなかった言葉に、全身がぴしりとかたまる。

「えー、豊川くん、そういうの言わなそうなのに」

「そう？　まじめすぎて、そういうとこ古そうな感じしない？」

「意外と冷たいのかな」

ペンケースはあきらめ、足音を立てないように気をつけて、静かにまわれ右をした。

——ほら波瑠《はる》、泣くんじゃないって。男の子なんだから。

幼いころ、父さんはおれが泣くたびにそんなふうに言った。

父さんは小学生のころからサッカーをしていて、一時はプロチームにも所属していた根っからのスポーツマン。人一倍の根性とポジティブさでやってきたタイプで、人前では決して弱音ははかない。父さんがネガティブなことを口にするのを、おれは今まで一度も聞いたことがなかった。

そんな父さんは、「男であること」にすごくこだわりとプライドがあるタイプなのだと、おれは分析《ぶんせき》している。そういうの、おれにはできないなぁとか考え、そんな自分に少しひけ目を感じたりもしていた。

だというのに、自分もそんな父さんと同じような発言を無意識にしていて、しかもそれをあんなふうに言われてしまっていて。

廊下《ろうか》を早歩きしていくと、さっきの女子たちの会話が頭のなかでぐるぐるした。

『ひいちゃった』

『古そう』

『冷たい』

そこまで言われるようなこと?

なんというか、腑《ふ》に落ちない。そもそも、おれはふだん、男女問わず、きらわれないように気をつかっていた。めんどうな仕事だって、積極的にひきうけてきた。

なのに、あんなひと言で陰口《かげぐち》を言われるなんて理不尽《りふじん》だ。

階段をおりていくうちに、だんだんイライラしてきた。生徒会室は二階にあるのに、気づいたら一階までおりてしまって、はたとする。

いらついたってしょうがない。深呼吸。陰口《かげぐち》なんて、聞かなかったことにすれば、なかったも同じ。

むだに階段をのぼりおりしてしまったが、いい運動になったということにしようと、ポジティブに考えたそのときだった。

「……ほんとうに、ごめんね」

小さな嗚咽《おえつ》と、わずかにふるえる女子の声。そっとのぞくと、階段の陰《かげ》になったところで、男子と女子がむかいあって話をしていた。

男子は、二組の乃木坂《のぎざか》。背が高く、自己主張の強い顔のパーツはバランスよく配置されていて、かっこいい部類に入ると思う。ただ、かっこつけなのか悪ぶりたいのか、いつも制服をちょっと着くずしているのが、個人的にはちょっとイタい感じがしていた。たしか、映研所属。

そして、それにむきあっている女子のほうはというと、おれと同じく一組の星野凛子《ほしのりこ》。

小柄《こがら》で丸い目がくりっとし、いかにもかわいらしい雰囲気《ふんいき》で、いつも長い髪《かみ》をシュシュでひとつに結っている。こちらも映研の会員だ。

そんな星野さんは大きな目をうるませ赤くして、はらりと涙《なみだ》を流した。

何も知らないこちらまで少し胸がぎゅっとするような、真だったら共感してもらい泣きしてしまいそうな、湿度《しつど》の高い、心のふるえを誘《さそ》うような泣き方。ドラマのワンシーンを見ているような、目をうばわれるきれいな涙《なみだ》だった。

これって、恋愛《れんあい》がらみの何かだったりするのかな……。

たちまち気まずくなり、おれは体を小さくした。さっさと立ちさりたい。その一方で、ふたりとも映研の会員。チラシのことを注意したいとつい考え、でもさすがにこの場に割って入るのは空気が読めなさすぎると思いなおす。

静かに立ちさろうとしたら、こちらに背をむけていた乃木坂が星野さんにかえした。

「凛子の気持ちはわかったよ。ごめんな」

そして、彼《かれ》はおれがいるのとは反対の方向へ去っていく。内容はよくわからないが、どうやら話は決着したらしい。

ひとり残された星野さんは、ハンカチで目もとをぬぐうと、はぁ、と大きくため息をつく。泣くのも体力がいるんだろうと思ったそのとき、星野さんがつぶやいた。

「……チョロすぎ」

そして、星野さんはその口角をあげた。

笑ってる。

少し前まで悲劇のヒロインのように涙《なみだ》をこぼしていたのが嘘《うそ》のような、すがすがしいまでにすっきりとした笑み。

目にしているものがなんなのかすぐには理解できず、頭がはてなでいっぱいになる。

なんだ、これ。

さっきのって、もしかして。

嘘泣《うそな》き……？

と、そのときだった。

軽やかな足音が聞こえ、そんな星野さんがおれの前にパッと出てきた。

「豊川くん、今の、盗《ぬす》み見してたでしょ？」

いつからおれに気づいていたんだろうか。

星野さんは上目づかいで、いかにもかわいらしい仕草と表情でおれを見つめている。目と鼻はまだ少し赤く、でもその表情にはこれっぽっちも悲しそうな感情は見てとれない。それどころか、その目はなんだか愉快《ゆかい》そう。

「趣味《しゅみ》が悪いなぁ」

「いやその……たまたま、通りかかっただけで」

「たまたま?」

同じクラスとはいえ、星野さんとはこれまで事務的な会話以外したことがなかった。星野さんは外見のかわいらしさもあって目立つタイプで、おれとはさも人種がちがうといった感じ。おれは積極的には近づかなかったし、むこうもおれみたいな地味なのには興味がないだろうと思っていた。

なのに、その星野さんは背中のうしろで手を組み、おれの周囲をゆっくりと歩きだす。おれの顔から足の先までを、観察するように見ている。

「豊川くん、身長は?」

「え、身長？」

「教えて」という口調は強く、おれは少し背すじをのばした。

「一七〇センチ、です」

すると、星野さんはおれの正面で足をとめた。

「一七〇か。それなら納得してもらえるかな」

納得って、何が？

やっぱり星野さんはよくわからない。さっきの嘘泣《うそな》きにしても、めんどうな気配しかせず、特段事情を知りたいとも思えない。見なかったことにして、さっさと解放してもらえないかと思っていたら。

「豊川くんも、泣いてみようよ」

星野さんは唐突《とうとつ》にそんなことを言い、そして笑顔でおれをさそった。

「映画に出てみない？」

● REC

きみが咲《さ》くまであと❶

1 ― 学校の中庭（昼）

校舎の外観。午後一時をさす時計。

聞こえてくるにぎやかな生徒の談笑《だんしょう》。

チューリップなど春の花が咲《さ》いている花壇《かだん》。

中庭のベンチで、ひとり本を読んでいる橘蓮也《たちばなれんや》（14）。長そでの制服姿。ベンチには食べおわった弁当の包みがおいてある。

蓮也の前を、同じく制服姿の永井澄花《ながいすみか》（14）が横切り、ひらりとハンカチが地面に落ちる。
本からふと目をあげ、ハンカチに気がつく蓮也。去っていく澄花とハンカチを見比べ、迷ったすえに声をかける。

蓮也「あの」

澄花は蓮也に背をむけたまま歩いていき、ふりかえらない。
蓮也は本をとじてベンチから立ちあがり、右手でハンカチを拾う。

蓮也「(先ほどより大きな声で)あの、ハンカチ!」

澄花がようやくふりかえる。
数秒、時がとまったように視線を交わすふたり。
澄花は笑みを浮《う》かべ、小走りで蓮也のほうへもどってくる。

澄花「ありがとう」

蓮也が差しだしたハンカチを受けとる澄花。
澄花は蓮也が持っている本に気がつき、表情を明るくする。

澄花「その本、今やってる映画の原作だよね? 映画は観たんだけど、原作もおもしろ

● REC

い？」

蓮也はうなずき、いかにもドギマギしながらこたえる。

蓮也「ぼ、ぼくも、映画、観た。原作も、おもしろいと思う」

澄花「そっか。なら、わたしも読んでみる！　ありがと！」

蓮也に背をむける澄花。

蓮也は少し迷うも、やがて意を決したように声をかける。

蓮也「あの！」

不思議そうな表情でふりかえる澄花。

蓮也は一歩前に出て、持っている本の表紙に目を落とす。

蓮也「これ、もう少しで読みおわるんだけど。そのあとでよければ、貸そうか」

澄花はうれしそうな笑顔になる。

澄花「本当に？　ありがとう！　わたし、２－１の永井澄花」

蓮也「ぼくは三組の」

澄花「知ってる。橘蓮也くんだよね？」

蓮也はおどろいてうなずく。

澄花「三組に借りに行ったらいい？　いつがいいかな？」

蓮也「じゃあ、明日《あした》で」

澄花「わかった！　本当にありがとう！　じゃ、また明日《あした》ね！」

澄花は笑顔のまま、手をふって去っていく。

蓮也はそれにかえすように手をあげるが、手はふらない。ふと何かに気づいたような表情になり、右手を顔によせる。

蓮也「……甘《あま》い」

蓮也は澄花が去っていったほうをふたたび見やる。もう澄花の姿はない。

立ちつくす蓮也のうしろ姿。

昼休みのおわりを告げるチャイムが鳴る。

2

キャラを再構築する

映画になんて興味はなかったし、星野《ほしの》さんとかかわるのも気が進まない。

それでも、おれはこれまで〝いい人〟キャラでやってきた。たとえ、女子たちに陰口《かげぐち》を言われようとも。

なので、話も聞かず星野さんをあしらうのはポリシーに反する気がした。「どういうこと?」と、形だけでも話を聞く姿勢を見せることにする。

「わたし、映研――映像研究会に入ってるんだけど」

「それは知ってる」

「夏のコンクールに出品する映画をこれから撮《と》る予定なの。なのに、深刻な役者不足で、主演の男子が決まってなくて」

そういえば、掲示板《けいじばん》の無許可のチラシに『男子の役者急募《きゅうぼ》！』とあったような……。

あれ、とふと思い出す。

「さっき話してた、乃木坂《のぎざか》は？」

「あー……乃木坂くんは、映研やめたの。ひきとめたかったけど、うまくいかなくて」

人間関係というか、恋愛《れんあい》関係がこじれているのかもしれない。ますますめんどうだし、
かかわりたくない気持ちでいっぱいになってくる。

「豊川《とよかわ》くん、すらっとしてるし、主人公の男子にぴったりかもって」

「いやいやいや、おれ、演技なんてできないし」

「最初はだれでも初心者だよ！」

「そもそも、どんな話なのかもわからないのに」

「じゃ、説明するね。脚本《きゃくほん》は、もうできてるんだ」

立ちさるタイミングを読めず、星野さんの説明を聞くことになった。

映画のストーリーは、いわゆる余命もの。

全身に花が咲《さ》いて死にいたる不治の病にかかった女の子と、同級生の男子の物語。病にかかったヒロインの女の子は、星野さんが演じるらしい。

「監督《かんとく》のこだわりで、主役はある程度わたしより身長がある男子にしたいんだって」

いやいやいやいや、とまた顔の前で手をふった。

「感動ラブストーリーなんて、おれには——」

「男は泣かない、い、い、いものだから？」

思いがけずかけられた言葉にかたまった。

星野さんはにこにこしながら「今日の劇のあと、体育館で」と言葉をつづける。

「泣いてる沢口《さわぐち》くんに、『男なんだから』みたいなこと言ってたじゃん。豊川《とよかわ》くんの声って、けっこうひびくんだね。うん、ますます主役にぴったりかも」

おれがこたえられずにいると、星野さんは軽く笑った。

「そういうの、気にしなきゃいいのに。昭和みたい」

昭和……。

令和から数え、平成、昭和とふたつ前の時代。なお、大正時代のふたつ前は江戸《えど》時代だ。

たったふたつ、されどふたつ。遠まわしに古くさい人間だと言われたような気がしてしまい、さすがに〝いい人〟キャラは捨てることにした。

「とにかくムリなので！」

星野さんを残して逃《に》げだした。


その晩、おれは夕食の席で、昭和生まれの両親に聞いてみた。

「映画とか劇とか観て、泣くことってある？」

鶏《とり》のからあげにポン酢《ず》をつけながら、母さんは「あるある」とこたえた。

「このあいだも、テレビであの映画やってたじゃない。なんだっけ、タイムスリップして、どっかんどっかんするやつ……」

母さんは、何かにつけて「あれ」だの「これ」だのという。おれが映画のタイトルをあてると、「そうそうそれそれ」ときゃらきゃら笑った。

「あれ、泣くような映画だっけ？」

「えー、最後泣けるじゃーん。もとの時代にもどるか残るか究極の選択《せんたく》！　みたいな」

すると、「よっちゃんは昔から涙《なみだ》もろいからな」と父さんが笑った。

「はじめてのデートで観た映画でも泣いてたし」

「隆《りゅう》ちゃんも泣いてたじゃん」

「嘘《うそ》つくなよ。おれが映画なんかで泣くわけないだろ。よっちゃんじゃあるまいし」

「でも、泣きそうな顔はしてた」

「してません。おれは人前では泣かない」

四十代半ばになっても、若いころのように「隆ちゃん」「よっちゃん」などと呼びあっている両親のやりとりをうす目で見つつ、おれはとり皿にからあげをふたつとった。

聞くまでもなかったなと思っていたら、母さんが「今日、中学校の芸術鑑賞《かんしょう》会だったんでしょ？」と話をふってくる。

「感動して波瑠《はる》は泣いたの？」

からあげから視線をあげると、父さんと目があった。

「……泣くわけないし」

真《しん》は泣いてたけど、とついつけくわえ、そんな自分はちょっとやな感じ。

母さんは「真くん、昔から感情表現豊かでかわいいよねー。演劇部にぴったり」と何も気にした様子もなく言い、父さんはこれといってコメントしなかった。

「――豊川くん、」

ふいに声をかけられ、大げさなくらいビクリとして顔をあげた。

クラスの女子がきょとんとしたような顔で、「これ」とノートを差しだしてくる。

「あ……ありがとう」

国語のノートをみんなに返却《へんきゃく》していたらしい。その子はすぐにパタパタと去っていき、おれは内心で大きなため息をもらしつつ、すわったまま少し腰《こし》をずらした。

昨日《きのう》のことは、気にせず忘れようと決めた。クラスの女子たちの陰口《かげぐち》も、星野さんの昭和発言も。

けど、人間の脳みそはそんなに単純にできていない。

気になるものは気になるし、そうかんたんには割りきれない。そんなわけで、朝からとんでもなく教室での居心地が悪いのだった。

きらわれないように悪目立ちしないように。〝いい人〟であることを心がけてきた。でも、そういう地道な積みかさねなんて、一瞬《いっしゅん》でくずれるものなのかもしれない。失言で失脚《しっきゃく》する政治家のニュースを思い出す。政治家はどうして発言の撤回《てっかい》をするんだろう。一度口にした言葉はとりけせないし、そんなもので失った信用はとりもどせないのに。なんて考え、自分ももう何をやってもだめなような気がしてきてしまう。

午後のホームルームでは、昨日《きのう》の芸術鑑賞《かんしょう》会の感想を書くことになった。劇団の人にお礼とともにわたすらしい。カードサイズの白い紙が配られ、考えこんだ。

『とても考えさせられる内容で、非常に感動しました』

みたいな、優等生的なコメントはいくらでも思いつく。いつもだったら、そういうものを、さらさらっと書いておわりにしていた。

けど、今日はそれを書くのがためらわれる。

百パーセントの嘘《うそ》じゃないけど、百パーセントの本音でもない。そして、こんなふうに悩《なや》んでしまう自分が、もうとにかくめんどうくさい。

どうしようか悩《なや》んでいたら、ななめ前の席から真がのぞきこんできた。

「波瑠って、こういうのいつもはさっさと書いて、残り時間は読書とかしてるのに」

「おれだって、たまには悩《なや》むし。真はもう書いたの？」

真は、へへっと自慢《じまん》するようにカードを見せてきた。大きな字で、『めっちゃ泣けました！』なんて書いてある。

その字の勢いもふくめ、嘘《うそ》いつわりのない言葉って印象を受けた。

『役者さんの演技がすばらしかったです』というような内容で、なんとか感想カードを書きおえた。それだけでどっとつかれてしまい、放課後になってもなかなか席を立てなかった。演劇部の練習にむかう真を見送り、自分もようやく荷物をまとめはじめる。

今日の放課後は生徒会活動がない。さっさと帰って本でも読んで気分転換《てんかん》をしようと考えていたら、だれかがおれの机に両手をついた。

「昨日《きのう》の話、考えてくれた？」

星野凛子《りこ》。

机に手をつき中腰《ちゅうごし》になり、おれの顔をのぞきこむ。ひとつにまとめた長い髪《かみ》がさらりと前に流れた。二重《ふたえ》まぶたに生えそろった長いまつげは、くるんと上をむきカーブしている。

「昨日《きのう》の話って？」

「映画の主演の件。大丈夫《だいじょうぶ》、昭和な豊川くんにも、ちゃんと演技指導してあげるから」

星野さんとしゃべっていると、それだけでみんなの注目を集めるような気がした。おれはスクールバッグをひっかけ、星野さんをおいて教室を出る。

けど、星野さんは小走りでついてきた。

「昭和って言われるの、そんなにいやだった？　ごめん、気にしてたなら謝る」

「そういうことじゃなくて」

「じゃあ、どういうこと？」

「おれは、生徒会でいそがしい。役者が必要なら、演劇部に頼《たの》んでみたら？」

「演劇部も、夏にコンクールがあるからだめなんだって。この時期って、文化部も運動部も大会があって、意外とひきうけてくれる人いなくて。それにわたし、ひと晩考えてみたんだけど、考えれば考えるほど、豊川くんがぴったりな気がしてきてさ」

「なんでだよ。昭和なんだろ」

「それはごめんって。というか、それ、そんなに気にしてたの？」

思わず足をとめた。気がつけば、おれたちは一階の昇降口《しょうこうぐち》のそばまで来ていた。昇降口《しょうこうぐち》のあたりは生徒が多くにぎやかで、おれたちの会話を気にとめる人もいない。

「……昭和も、べつにいい気はしないけど。それだけじゃなくて」

「それだけじゃなくて？」

まっすぐにおれの目を見つめて言葉を待つ星野さんは、おれより十五センチくらい身長が低い。つぶらな瞳《ひとみ》で見あげられると、むげにできないような気持ちがわいてくる。

それに、小さなことばかり気にしているやつ、みたいに思われるのも、いまいちな気がしてきた。

おれはポツポツと、昨日《きのう》の芸術鑑賞《かんしょう》会のあとの発言を、クラスのほかの女子にも聞かれていたこと、それを『古そう』だの『冷たい』だの言われていたことを話した。

「そういうわけなので。感動ストーリーの役者なんて――」

「それ、むしろぴったりだと思うんだけどな」

「は？　ぴったり？」

「昭和な豊川くんが、あえてそういう役をやったら、みんなの見方も変わらない？」

鼻で笑いそうになった。そんなにうまくいくわけない。

けど、星野さんは不敵な笑みを浮《う》かべて声をひそめる。

「嘘泣《うそな》きだって、教えるよ？」

やっぱり、昨日《きのう》のあれは嘘泣《うそな》きだったんだろうか……と考えていた、次の瞬間《しゅんかん》。

星野さんが、ぐずっと小さく洟《はな》をすった。

たちまちその大きな目が赤くなり、瞳《ひとみ》がうるむ。今にも涙《なみだ》がこぼれおちそうだ。

「え、なんで？」

星野さんは口もとに手をあて、涙《なみだ》をこらえるような表情をしている。そして、周囲には少なくない数の生徒がいる。これじゃ、おれが泣かしたみたいに見えるじゃないか。

「かんべんしてよ。何もこんなところで」

「じゃあ、豊川くん、映研の見学、来てくれる？　もっとくわしい話、教えるから」

「それは」

　こちらをまっすぐに見つめるうるうるした大きな目から、涙《なみだ》がすぅっとひとすじ流れて頬《ほほ》を伝う。星野さんの泣き方はなんというかやっぱりきれいで、人目をひくわけで。

「あれ……」

「女の子、泣いてない？」

　周囲もおれたちの様子に気がつき、しまいにはそんな声まで聞こえてきてしまって。

「……わかった、わかったから！　見学行くから！」

　おれがギブアップすると、星野さんはハンカチで涙《なみだ》をぬぐって、たちまちにっこり笑顔になる。嘘泣《うそな》き、はんぱなさすぎる。

「じゃ、豊川くん、行こっか」


　そうして案内されたのは、一般《いっぱん》教室のある西校舎のむかい、理科室や音楽室などがある東校舎の一階奥《おく》だった。美術室に隣接《りんせつ》したその部屋を、おれはずっと美術準備室だと思っていた。よくよく見ると、ドアの上のほうに『映研』と手書きで書かれたマスキングテープが貼《は》られている。

「映像研究会のプレートとか、そういうのはないの?」

「あったんだけど、壊《こわ》されちゃったんだよね」

「壊《こわ》された? だれに?」

「去年の三年生の元会長。引退するときに今の会長ととっくみあいのケンカになって、プレートが犠牲《ぎせい》になった」

「なんでとっくみあいなんかに……」

「今の会長が『無能な輩《やから》が去って、ようやくおれの時代が来た』みたいなこと言ったんだよね。うちの会長、本当にどうかしてるから」

そんなどうかしてる会長が牛耳《ぎゅうじ》る映研になんて、ますますかかわりたくなくなった。が、もうあとのまつり。

星野さんが、部室のドアをガラリとあけた。

「ようこそおこしくださいました。さぁ、どうぞ」

来園者を笑顔で迎《むか》えるテーマパークのスタッフみたいな口調で言われても、ちっとも心はずまない。けど文句も言えず、「おじゃまします」とふみこんだ。星野さんがスイッチを入れ、蛍光灯《けいこうとう》の白い光で部室のなかが照らしだされる。

とんでもなく、物が多かった。

左右の壁《かべ》には天井《てんじょう》までとどきそうなスチールラックがあり、ビデオテープやよくわからないオブジェ、機材などが乱雑につっこんであり、一部はなだれを起こして床《ゆか》に積みあがっている。足もとにも何かの紙やコードのようなものがたくさんあり、どこに足をおいたらいいのか迷う。部室は細長い間取りになっていて、奥《おく》の窓には暗幕がひかれ、その手前に白いスクリーンが天井《てんじょう》からつるされていた。

星野さんは慣れた様子でコード類をさけながら奥《おく》に進み、なだれのなかから丸いすをひっぱりだして手まねきする。「おじゃまします」とことわり、おれはそれに腰《こし》かけた。

「はい、これが脚本《きゃくほん》」

星野さんは近くの棚《たな》から迷わずうすい冊子をひきぬき、差しだしてくる。あわいブルーの表紙に、『きみが咲《さ》くまであと』と大きくプリントされている。どうやら、これがタイトルらしい。パラパラとなかを見る。小学生のころに劇の照明係をやったことがあったけど、こんなに本格的な脚本《きゃくほん》を見るのははじめてで興味深い。

各シーンのはじめに番号がふってあり、場所が書かれていた。たくさんのセリフ。セリフ以外の文章は、たしかト書《とが》きっていうんだっけ。

「この『蓮也《れんや》』っていうのが、豊川くんにやってほしい役」

そうして、星野さんがくわしいあらすじを語りだした。

おもな登場人物は、中学二年生の蓮也と澄花《すみか》。

人づきあいが苦手でひとりでいることが多い蓮也は、べつのクラスの澄花と共通の趣味《しゅみ》を通して徐々《じょじょ》に親しくなっていく。だが、澄花はある病にかかっていた。

「澄花がかかっているのは、花咲病《はなさきびょう》っていう不治の病」

星野さんは近くの紙袋《かみぶくろ》におもむろに手をつっこむと、手のひらサイズの青い花――造花をペタリと自分のうでに貼《は》った。花のがくの部分に、両面テープがついている。

「この花は、人の体を養分にして咲《さ》くの。たくさん咲《さ》いて、最後は宿主を殺しちゃう」

「こわっ……」

「でも、これはホラーじゃないから。そういう病気と闘《たたか》う澄花と、その願いを叶《かな》えようとする蓮也の成長物語、みたいな感じかな」

こういう映画、よくやってるよなぁ、というのが、まず抱《いだ》いた感想だった。不治の病でボーイミーツガールみたいな。体に花が咲《さ》く、という設定はおもしろいけど。

「どう？　豊川くん、やってみようって気になった？」

「なった？　って、いわれても……演技だってしたことないし」

「じゃあ、試しにやってみる？」

え、と思った直後、星野さんに手首をつかまれ、いすから立ちあがらされていた。

「その本、今やってる映画の原作だよね？　映画は観たんだけど、原作もおもしろい？」

ふいに星野さんの口調が変わった。

いつものあざとい雰囲気《ふんいき》がうすくなり、明るく快活でまっすぐな女の子、という印象になった。首をかたむけるようにして、おれの顔をのぞきこむ。

「えっと……」

「ほら、その脚本《きゃくほん》の七ページ」

言われたページをひらくと、さっき星野さんが口にしたセリフが書かれている。

「早く」とせかされたので、おれはしぶしぶ蓮也のセリフを読んだ。

「**ぼ、ぼくも、映画、観た。原作も、おもしろいと思う**」

「**そっか。なら、わたしも読んでみる！　ありがと！**」

星野さんは笑顔になると、おれに背をむけた。いかにも何かを待っているよう。

脚本《きゃくほん》のページをめくる。去っていこうとする澄花を、蓮也はここでひきとめるらしい。

「**あの！**」

星野さんが、いかにもきょとんとしたような顔でふりかえる。

「えっと、その……**これ、もう少しで読みおわるんだけど。そのあとでよければ、貸そうか**」

すると、星野さんはぱぁっという表現がいかにもぴったりな様子で、表情を明るくした。

そして、一歩前に出ると、パッとおれの手をつかむ。

距離《きょり》が近くて心臓がはねた。シャンプーの匂《にお》いなのか、ふわりと甘《あま》い香りがただよう。

「**本当に？　ありがとう！**」

まっすぐにむけられた全力の笑顔に、思いがけず動揺《どうよう》して息をのむ。おれはそもそも、こんなふうに女子と親しくしたことなんて、これまでの人生で一度もないわけで。つかまれたところから手がじわりと熱くなっていき、とっさに一歩さがった——次の瞬間《しゅんかん》。コードのようなものをふんづけ、体のバランスをくずした。

視界がまわって、とっさに何かにつかまろうとしたけどその何かは音を立ててなだれを起こし、おれの顔面にふってきた。近くの棚《たな》だかなんだかに後頭部を打ちつけ、ドン、バタン、ガシャン、と音がひびきわたる。床《ゆか》の上にあおむけに転がって静かになったときには目の前に星が散っていて、天井《てんじょう》の蛍光灯《けいこうとう》がゆらめいていた。

「豊川くん、だいじょーぶ⁉」

まったくもって、だいじょばない。

体のあちこちが痛くて涙目《なみだめ》になる。やっぱり、映画撮影《さつえい》なんてむいてないしむりだ。部室に来て痛い思いまでしたのだから、どうにかこうにかもう許してもらいたい……。

そろそろと起こした体のすぐそばに、黒い何かが転がっていることに気がついた。四角くて、ゴツゴツしていて、レンズのようなものがついている黒い機械。その側面がパッカリ割れていて、くだけた黒い破片が飛びちっている。

「それ、だれ？」

部室の入口のほうから、ふいに男子生徒の声がした。

「こちら、わたしと同じクラスの豊川波瑠くん」

さっきまでおれがすわっていた丸いすにふんぞりかえるようにすわっているのは、三年生の石黒浩先輩《いしぐろひろせんぱい》。例の、どうかしてる映研会長だ。

その石黒先輩《せんぱい》に紹介《しょうかい》されたおれは、床《ゆか》に額をつけるようにして土下座した。

「ほんっとうに、申しわけございませんでした……！」

おれがひっくりかえった際に、床《ゆか》に落として壊《こわ》したのは映研の備品の機材。まさかの撮《さつ》影《えい》用のカメラだった。

石黒先輩《せんぱい》はもしゃもしゃした長い黒髪《くろかみ》に手を入れてかきまわすようにし、黒ぶち丸メガネの奥《おく》でその目を細めた。

「豊川くん、だっけ？　こまるんだよね、こういうの」

「すみません、弁償《べんしょう》します」

「これ、古い機材でさ。もう修理もできないし、同じ型《かた》のは売ってないんだわ。どうしてくれんのかなー」

石黒先輩《せんぱい》は、言いがかりをつけるチンピラみたいな口調でそう言ったあと、なぜかニヤニヤした。

「そもそもきみ、なんでうちの部室にいたの？　生徒会なんだよね？」

「……星野さんに、つれてこられて」

「凛子、また男子たぶらかしたの？」

石黒先輩《せんぱい》の言葉に、「人聞き悪いこと言わないでください」と星野さんはふくれる。

「乃木坂がいなくなったのだって、そういうことだろ」

「乃木坂くんにコクられたのは、すぐことわりましたー。わたしはなんにもしてないし、乃木坂くんが勝手にコクって傷心になって、いなくなったってだけですー」

「じゃ、そいつは何？」

おれをあごでさししめした石黒先輩《せんぱい》に、星野さんが両手を広げてこたえた。

「豊川くんは、『きみ咲《さ》く』の主演候補です！　身長もいい感じです！」

『きみが咲《さ》くまであと』は、略して『きみ咲《さ》く』というらしい。

「そうなの？　きみ、演技できるの？」

候補になった記憶《きおく》もないし演技もできないけど、否定するのも怖《こわ》くて黙《だま》っていたら。

石黒先輩《せんぱい》が、ダンッと床《ゆか》に足をついた。

「豊川くんだっけ？　ちょっと、凛子のとなりに立ってもらえる？」

そんなわけで、おれは星野さんとならんで立った。

で、気がついた。部室には、いつの間にか人が増えている。

肩《かた》の上で切りそろえたボブヘアで、前髪《まえがみ》をカラフルなヘアピンでいっぱいにしている個性派女子。石黒先輩《せんぱい》のうしろから、こちらをじろじろと観察している。

「凛子とならんだときの感じ、たしかにバランスいいかも」

個性派女子の言葉に、「でしょでしょ？」と星野さんがこたえる。

「あんまり運動ができなそうというか、地味な文化系って感じでさ」

石黒先輩《せんぱい》もうんうんとうなずく。

「絶妙《ぜつみょう》に内にこもってそうな感じは、イメージにあうな」

失礼極まりなさすぎるが、カメラを壊《こわ》した身なのでぐっとこらえた。

少しして、石黒先輩《せんぱい》がゆらりと立ちあがった。そして、おれの正面に立つと、ポン、と両肩《りょうかた》に手をおいてきた。

「夏に短編映画のコンクールがあってさ。おれは入賞をねらってる」

石黒先輩《せんぱい》はおれより五センチ以上背が高く、見おろされるとますます圧がはんぱない。肩《かた》におかれた大きな手に、ぎゅっと力をこめられる。

「コンクールで入賞すると、賞金がもらえる。二十万だ」

石黒先輩《せんぱい》の指がおれの肩《かた》に食いこむ。ふつうに痛い。

「主演、やってくれるなら、カメラのことはちゃらにしてやってもいい」

気がついた。丸メガネの奥《おく》の石黒先輩《せんぱい》の目は、これっぽっちも笑ってない。

「で、でもおれ、演技なんて、幼稚園《ようちえん》のお遊戯《ゆうぎ》会以来で。そんな責任重大なこと――」

「凛子はどう思う?」

石黒先輩《せんぱい》はおれを見つめたまま星野さんに質問し、星野さんがこたえた。

「豊川くんなら、いいと思う!」

星野さんは一歩おれに近づくと、にこにこしてこんなふうに言ってきた。

「せっかくの機会じゃん。これを機に、昭和を捨ててキャラを再構築しよう！」

「ちょ、ちょっと待って」

「豊川くんは、胸打つ感動ストーリーを演じて、令和にふさわしい情緒《じょうちょ》豊かな人間になる！　すっごくいい！　はい、みんな拍手《はくしゅ》！」

わーっと会員たちに拍手《はくしゅ》され、もはや呆然《ぼうぜん》とするしかない。

気持ちがまったく追いつかず、とりあえず事務的なことを石黒先輩《せんぱい》に聞いてみた。

「撮影《さつえい》って、どれくらいの期間なんですか？　いつから？」

「来週にははじめたい。編集作業もあるから、七月頭には撮《と》りおえたいところだな」

「い、一か月くらいってこと？」

「しょうがないだろ。撮影《さつえい》準備ができてたのに、急に役者がいなくなったんだ」

くらくらしてくる。でも、視界のすみに転がっている、壊《こわ》れたカメラは変わらない。

そして、ここに逃《に》げ場なんてないわけで。

静かに深呼吸。そして、石黒先輩《せんぱい》にむきなおる。

「……本当に、演技の素人《しろうと》でいいんですか?」

「くどい」

「一か月だけですからね?」

「一か月で撮影《さつえい》がおわるよう、がんばるのはきみだけどね」

石黒先輩《せんぱい》は、その目を三日月形にしてにたっとする。

「中途半端《ちゅうとはんぱ》がいちばんかっこ悪いからな?」

その言葉に、ふいに胸の奥《おく》に火がともる。

……上等。

やるなら全力で、中途半端《ちゅうとはんぱ》がいちばんかっこ悪い。それは、昔から父さんがよく口にしている言葉と同じだった。いかにも昭和って感じもするけど、この考え方自体はきらいじゃない。

全力でやったのなら、結果がどうあれ、恥《は》じることは何もない。

——もういい、やぶれかぶれだ。

できるかわからないけど、こうなったらしょうがない。

全力でやる。

ついでにキャラの再構築ができるっていうなら、ラッキーぐらいに思っておこう……。

そのとき、肩《かた》をつんとされた。星野さんがこちらを見あげている。

「相手役だし、わたしのこと、『凛子』って呼んでいいよ」

嘘泣《うそな》きをするようなキャラだと知っていなかったら、うっかりドキンとしてしまいそうな、なんともあざとかわいらしい笑顔だ。

乃木坂はこれにほだされて、きっといろいろあって、映研を去ったんだろうなぁ……。

腹をくくったつもりではいたけど、たちまち不安になってくる。こんな星野さんを相手にラブストーリーを演じるとか、むりすぎるのでは。中学生の映画だし、変なシーンはないとは思うけども。

おれは、足もとに気をつけながら一歩さがった。

「下の名前で呼ぶのは、なれなれしいのではないでしょうか」

「役作りの一環《いっかん》じゃん」

役作り。全力でやるなら、そういうのも必要なんだろうか。

「ね、波瑠くん？」

こうして、おれは映像研究会の撮影《さつえい》に参加することになったのだった。

きみが咲《さ》くまであと❷

2　学校の廊下《ろうか》（昼）

教科書やノートをかかえ、ひとりで歩いている蓮也《れんや》。

蓮也の背後から駆《か》けてくる澄花《すみか》。

澄花「あ、橘《たちばな》くん！」

澄花「ちょうど三組の教室に行こうと思ってたんだ。これ、かえすね」

蓮也が持っている教科書の上に、澄花が文庫本をおく。

蓮也「もう読みおわったの？」

澄花「おもしろかったから、あっという間だったよ。このあいだ借りた本もおもしろかったし、橘くんって読書家なんだね」

澄花が、さらにべつの文庫本を蓮也にわたす。

澄花「これはわたしのおすすめ。来月公開の映画の原作」

楽しそうな様子で去っていく澄花を見送る蓮也。

蓮也はふと足もとを見て、何かに気がつく。

廊下《ろうか》の床《ゆか》に、青い花びらが一枚落ちている。

3 ― 学校の教室（昼）

蓮也のほかに人のいない教室。午後四時過ぎをさす壁《かべ》の時計。

放課後の喧噪《けんそう》がうっすら聞こえる。

窓際の席で、蓮也は澄花に借りた本を読んでいる。

ページのあいだに、青い花びらがはさまっている。

花びらをつまんで観察するように見る蓮也。
蓮也は花びらに顔を近づけて匂《にお》いをかぐ。

蓮也「……甘《あま》い」

4 ― 学校の廊下《ろうか》(昼)

蓮也が澄花に借りていた本をかえす。

蓮也「ありがとう。おもしろかった」

澄花「だよねだよね!」

以前より打ちとけた雰囲気《ふんいき》になっているふたり。
澄花がふいに緊張《きんちょう》したような、あらたまった表情になる。

澄花「ちょっと、見てほしいものがあるんだ」

澄花はスカートのポケットからスマホを出して操作する。
蓮也に見せたスマホの画面には、【試写会のご案内】の文字。

澄花「さっきの本の映画の試写会、抽選《ちゅうせん》であたったんだ」
蓮也「え、すごい。おめでとう」
澄花「それで……」
　澄花が急にもじもじしだす。
澄花「これ、よかったら、いっしょに行かない？」
　蓮也はポカンとしたような顔になる。

5―公園（昼）

青空とあざやかな緑の木々《きぎ》。
公園の入口。広場ではバドミントンで遊んでいるグループ。
噴水《ふんすい》の前に立っている私服姿の蓮也。そわそわとスマホを操作している。
スマホの画面には「11：55」の時間表記。

澄花「お待たせ！」

駆《か》けてくる私服姿の澄花。

蓮也はさらに挙動不審《きょどうふしん》になり、スマホが手からすべりおちそうになる。

澄花「蓮也くん、来るの早かったんだね」

蓮也「……」

澄花「あ、名前で呼ばれるのイヤだった？」

蓮也は首を左右にふる。

澄花「よかった！　じゃ、行こっか」

歩きだす澄花に一歩おくれ、蓮也はついていく。

3 嘘泣《うそな》きが必要な理由

「映画の撮影《さつえい》で一か月？」

三年生の生徒会長、幸田先輩《こうだせんぱい》はふだんはクールな目をパチパチとしばたたいた。

「波瑠《はる》が？　映研の映画に出るの？」

「そんな感じです」

「そのあいだは、生徒会に顔を出す頻度《ひんど》がさがるかも、ってこと？」

「すみません。仕事はちゃんとやるので」

映画への出演をひきうけてしまった以上、生徒会にもことわりを入れる必要がある。なので、映研でのあれこれがあった翌日の放課後、事情を説明したのだけど。

「――ふはっ」

滅多《めった》なことではポーカーフェイスをくずさない幸田先輩《せんぱい》がふきだした。話を聞いていたほかの執行部《しっこうぶ》のメンバーにいたっては、腹をかかえて笑っている。

「豊川《とよかわ》くん、演技なんてできんの？」

「その映画観たーい！」

「え、しかも感動系？」

完全にバカにされているような雰囲気《ふんいき》で、さすがにムッとしてしまう。

「これでも、役にぴったりって話になったんだ」

「どんな役なの？」

「……地味で文化系な雰囲気《ふんいき》」

「それ、ほめられてなくない？」

「あと、身長もちょうどいいって」

説明していて、われながら悲しくなってきた。こほんと咳《せき》ばらいして、しきりなおす。

「ともかく、そういうことなので。よろしくお願いします」

「まぁ、一か月だし、仕事もするっていうなら問題ない。会議があれば議事録はまわす」

それから、幸田先輩《せんぱい》は何かを思いついたような顔になった。

「ついでに、映研がどんな雰囲気《ふんいき》だったか報告して。潜入調査《せんにゅうちょうさ》」

「潜入調査《せんにゅうちょうさ》?」

「あー、それいいかも」なんて副会長の先輩《せんぱい》も同意する。

「映研って、トラブル多いんだよね。撮影《さつえい》のためとかなんとかで、勝手なことばっかりするし。今年の会長の石黒《いしぐろ》もほら、ちょっとあれだし」

「そうだな、石黒はあれだな」

三年生の先輩《せんぱい》たちは、うんうんとうなずきあっている。「あれ」ってなんだと思う一方で、昨日《きのう》の石黒先輩《せんぱい》を思い出すと、トラブルメーカーであろうことは想像にたやすい。星野《ほしの》さんにも『どうかしてる』などと言われていたし。

「映研の活動がどんなものだったか、おわったら報告してくれ。迷惑行為《めいわくこうい》を見かけたら、その場で注意してもいい」

「えっと、善処《ぜんしょ》はします」

そして、おれは生徒会室の時計を見た。もうすぐ四時半。

「じゃあの、今日もおれ、行ってくるんで」

「撮影《さつえい》?」

「今日は、演劇部の見学です」

中途半端《ちゅうとはんぱ》がいちばんかっこ悪い、やるなら全力で、という方針に決めたので。

おれは真《しん》に頼《たの》み、演劇部の練習に参加させてもらうことにしたのだった。映画の撮影《さつえい》は来週から。それまでに、演技について少しでも勉強しようというわけだ。

「波瑠、びっくりするくらい体かたいね」

ジャージに着がえて、まずはストレッチ。言われなくても、自分の体がかたいことはわかっている。スポーツテストでは、前屈《ぜんくつ》で地面に指先がとどいたことは一度もない。

真はペタリとすわって両足をひらき、のばした手でつま先をぐっとつかむ。真もクラスでは特段運動ができるイメージではなかったが、体は人なみにやわらかい。

「演劇って、体のやわらかさも重要なの?」

「舞台《ぶたい》の上でたくさん動くし、声も出さないといけないから。腹筋とか、体幹《たいかん》トレーニングをする日もあるよ」

そのあとは、滑舌《かつぜつ》練習や発声練習にも参加させてもらった。自分の滑舌《かつぜつ》が悪いと思ったことはなかったけど、「生麦生米生卵」みたいなよくある早口言葉でもまったく早く言えなかった。演劇部員たちは早口言葉はもちろん、アナウンサーみたいにすらすらと長文を読んでいて、こんなところにも地道な訓練が必要なんだと感心してしまう。

せっかくなので、トレーニング内容をせっせとメモ帳に書いていった。あっという間に数ページうまる。できそうなものは自宅でもやってみよう。

そのあとは基礎練《きそれん》の一環《いっかん》として即興《そっきょう》劇をやるというので、こちらも参加させてもらった。

制限時間は三分。与《あた》えられたお題はコンビニ店員と客。

真がコンビニ店員役で、おれが客ってことになった。

「らっしゃいませー」

おれが自動ドアをくぐる仕草をすると、真がいかにもけだるそうな雰囲気《ふんいき》で声をかけてくる。

「新商品の……なんだっけ、カレーパン？　発売中でーす」

いかにもやる気のない店員って感じで、こちらも見ずに宣伝する。それを横目におれは商品を選ぶふりをし、レジカウンターを模《も》した長机に持っていく。

せっかくなので、おれは自分が演じる役、『きみが咲《さ》くまであと』の蓮也《れんや》のキャラをイメージし、人と話すのが得意ではない客という感じで演じてみた。

「あの……カレーパンもひとつ」

いかにもめんどうそうに、ため息をつきつき顔をあげた真に、ちょっとドキリとする。

演劇部の発表は学内のイベントで何度か観たことがあったので、真の演技を見るのはこれがはじめてではない。けど、間近でその演技を目《ま》のあたりにすると、全然印象がちがった。知らない男の人みたいだ。

真って、こんな顔もできるのか。

真はだるそうな雰囲気《ふんいき》のままあれこれ話しかけてきたが、おれはとっさにうまくかえせないことばかり。最後は「ありがとうございました」と礼を言って退店してしまった。これじゃあ、役を演じるどころかいつものおれだ。

パン、と見ていた上級生が手をたたき、三分間の即興劇《そっきょうげき》は終了《しゅうりょう》した。

「十分休憩《じゅっぷんきゅうけい》しまーす」


演劇部の部室は、映研の部室と同じ西校舎の二階にあった。三階の音楽室では吹奏楽部《すいそうがくぶ》が練習していて、廊下《ろうか》に出るなり元気いっぱいの行進曲につつまれる。演劇部の部室にも音は聞こえていたはずだけど、集中していたせいであまり意識していなかった。

……演技って、むずかしいな。

役のイメージにぴったりだとさんざん言われたので、蓮也の役もどうにかなるだろうと、ちょっと楽観的に考えていた。そんなにかんたんにはいかないか……。

水飲み場で顔を洗うとしゃっきりした。鏡に映った自分の顔は、思いがけず楽しそう。

たしかに不安は多いけど、ただ、さっきの演技自体はおもしろかった。

おれは学校でも家でも、自分がどういうキャラでいるべきかを頭の片すみで計算している。すごくむりしてキャラを作っているわけではないけど、演じている部分が少なからずある。べつのだれかを演じるのは、ちょっとその感覚に似ていると感じたのだ。

そう考えてみると、なんとかなりそうな気もしてきた。バスケの試合に出ろとか、プールで百メートル泳げとか、そういうわけじゃないし。

「――ねぇ、豊川くんさ」

タオルで手をふいていたら、演劇部二年の女子ふたりが話しかけてきた。そのうちのひとりは去年同じクラスで、もともと知っている子だ。

「演劇部に入るの？　生徒会は？」

真には事情を説明していたが、ほかの部員には伝わっていなかったらしい。

隠《かく》すようなことでもないので、映研の映画に出ることになり、演技の練習をしてみたくて今日だけ参加させてもらったと説明する。

「映研って、凛子《りこ》ちゃんがいるところ？」

「そう」とこたえると、女子たちはたちまち顔を見あわせた。

「豊川くん、大丈夫《だいじょうぶ》？　〝映研の泥沼《どろぬま》三角関係〟のこと、聞いてない？」

「泥《どろ》……え、泥沼《どろぬま》って何？」

女子たちによると。

映研二年の男子ふたりが、星野さんをとりあったすえにもめにもめ、ふたりそろって映研をやめたのだとか。乃木坂《のぎざか》は、その男子のひとりだったらしい。

「凛子ちゃんって、かわいいけどちょっとね」

「泣くの、上手《じょうず》だよね」

「小学生のころからあんな感じ。泣けばなんとかなると思ってるんじゃない？」

「豊川くんも、気をつけてね」

女子たちは忠告するだけすると、パタパタと部室にもどっていった。

あらためて、めんどうなことにかかわってしまった気がしてきた。

というか、星野さんの嘘泣《うそな》き、あの子たちには嘘《うそ》だってバレてるんじゃん。

もっと上手《じょうず》に隠《かく》してるんだとばかり思ってた。意外と不器用なのかうかつなのか……。

よくわからん。

その週、おれは演劇部の練習に参加する以外にも、自分なりにいろいろと研究をした。

めんどうなことにかかわってしまったという気持ちはあれど、全力でやると決めたので手はぬかない。

まずは、動画配信サービスで、泣けると評判の青春映画を数本観てみた。こういう映画は女子に人気な印象が強くて今まで観たことがなかったけど、意外とおもしろかった。いかにもお涙《なみだ》ちょうだい的な展開はともかく、夢を大事にするとか、気持ちを言葉にするとか、今をちゃんと生きるとかメッセージ性が強く、わかりやすくてまっすぐにひびく。

男子が主人公の作品もあって、涙《なみだ》を流すシーンもそれなりにあり、昭和呼びされたおれには新鮮《しんせん》だった。と同時に、自分はこんなふうに泣けないだろうなとも思った。『きみが咲《さ》くまであと』の脚本《きゃくほん》を読みかえし、蓮也が泣くシーンはないことを確認してひそかにホッとする。

それから少し興味がわいて、男の涙《なみだ》についても調べてみた。ネット検索《けんさく》していたら、そういうことについて書かれていそうな本を見つけたので、さっそく図書館で借りた。

その本によると、前近代の男はよく泣いていたとのこと。貴族も武士も感情表現のひとつとして泣いていて、平安時代では男も女も泣くべきときには適切に泣くのがたしなみだったと記されていた。むしろ、泣くべきときにさっと泣けないのは、ばつが悪いものとされていたとのこと。男はあまり泣かないものという観念《かんねん》ができあがってきたのは、江戸《えど》時代の初期くらいかららしい。

こういう「らしさ」みたいなものって、もっと長い歴史のある普遍《ふへん》的なものだと思っていた。江戸《えど》時代の初期ももちろん大昔ではあるけど、思っていたより歴史が浅い。

「小説？」

土曜の夜、リビングで本を読んでいたら、父さんに聞かれた。読んでいたのは、ジェンダーの歴史についての本。表紙を見せると、父さんはたちまちしぶい顔になった。

「波瑠はまた、むずかしそうなもの読んでるんだな」

文章的には読みやすい部類の本だと思うけど、父さんは読書が苦手だ。本といえば、たまに漫画《まんが》を読む程度。あと、動画を観るのが好き。好きなお笑い芸人のチャンネルをいくつか登録していて、たぶん、おれよりずっと動画を観てる。

昔の男の人はよく泣いていたらしいよ、なんて話してみたい気もしたけど、父さんはもう本には興味がなさそうなのでやめておく。

うちの父さんは、二十代のころはプロのサッカー選手だった。といっても、二軍みたいなところにずっといたそうで、三十代になってチームをやめ、地元の企業《きぎょう》に就職した。今は、少年サッカークラブのコーチもやっている。

小学生のころは、そのチームにおれも参加していた。昔から、おれがボール遊びをすると父さんがすごくうれしそうにした。『大きくなったらいっしょにサッカーやろうな』とずっと言われていて、それならとチームにも入った。

けど、サッカー好きの仲間たちばかりいるチームに入って、わかったのだ。

おれは父さんの子どもだとは思えないほど、運動神経が悪い。

体はかたくて走るのもおそい、ボールを蹴《け》ればあさってどころか、しあさっての方向に飛んでいく。持久力がなくて、ちょっと走るとすぐに息が切れ、ばててしまう。

最初はだれだってそんなものだと、ポジティブな父さんは笑った。たしかに、練習するうちに少しは体力もついた。ボールのコントロールも少しはましになった。

でも、少しだけ。

本当に、少しだけだった。

ほんの少しでも上達したことへのよろこびより、めきめきと上達していく周囲からとりのこされていく絶望のほうが圧倒的《あっとう》に強かった。運動神経だけでなく、センスもないということが自分でもわかった。

それでもなんとかつづけていたものの、小三のとき、試合の最中《さなか》に転んで骨折した。ボールのとりあいが白熱して――みたいな理由だったら、自分でもまだ救われた。けど、おれはなんにもないところでひとり勝手に足をもつれさせ、すっ転んで骨を折った。骨といっしょに何かもポキリと折れて、病院でギプスをはめられたあと、父さんにサッカーをやめると告げた。

スポーツにケガはつきものだってなぐさめられたし、それはおれもわかってた。でも、ケガしてまでやりたいと思えるほどの情熱が、自分にはないことに気づいてしまったのだ。苦しい思いをしてボールを追いかけるより、家で本を読むほうがずっとずっと好きだった。

映研のメンバーが言うとおり、おれには地味な文化系のほうがしっくりくる。

あれ以来、おれはスポーツをさけ、小学校の部活では活動があるようなないような読書クラブに入った。中学で生徒会執行《しっこう》部を選んだのも、運動部をさけたかったのと、運動部じゃなくても父さんが少しはよろこんでくれそうだからという理由だった。

二年生になって生徒会書記になったと伝えると、父さんは『すごいなぁ』と口にした。『そういうリーダーみたいなの、おれ、やったことないよ。生徒会、すごいなぁ』父さんはなんだかぴんと来ていないような表情で、『すごいなぁ』をくりかえした。よろこんでくれているようにも見えたし、がんばってほめるところをさがしているように見えなくもなかった。

運動神経もセンスもないことは、とっくの昔にあきらめている。あきらめているからこそ、生徒会でもなんでも、それ以外のできることは全力でやろうと心がけた。中途半端《ちゅうとはんぱ》がいちばんかっこ悪い。勉強でも生徒会でも、映画の撮影《さつえい》でも全力でやる。

それでもたまに、思うのだ。

父さんはずっと、おれにがっかりしたままなんじゃないかな、と。

それを、昭和の価値観と呼ぶのはかんたんだ。今は令和、平成よりも前の昭和なんて知ったことかとおれだって思う。けど、人の価値観なんてすぐに変わるものじゃない。自分のことなら折りあいをつけられても、他人のことは同じようにはできない。ましてや父さんは家族で、それこそ昭和生まれなのだ。

読んでいた本では泣くことについて、『それを手放した近代人の心には、何か大きなツケがきているようにも思ってしまいます』なんて書かれていた。そのツケが、目に見える、わかりやすいものだったらちがったんだろうか。

おれは本をとじ、自室にもどって『きみが咲《さ》くまであと』の脚本《きゃくほん》を読みなおした。

撮影《さつえい》は週明け、月曜日から。

とうとう月曜日になってしまった。朝からそわそわしてしまい、心身ともにつかれてきたころに放課後を迎《むか》えた。

星野さんは何か用があるのか、「波瑠くん、先に部室に行ってて」とわざわざおれの席まで言いに来た。波瑠くん、などと教室で下の名前で呼ばれてドギマギしたものの、気にとめるクラスメイトはおらず、おれはひとり映研の部室にむかった。

今日は撮影《さつえい》の段どりの確認と、脚本《きゃくほん》の読みあわせをするらしい。部室に行くだけで、なんだか緊張《きんちょう》してくる。また機材を壊《こわ》したりしないよう、足もとに気をつけねば……。

部室のカギはかかっておらず、すでにだれかいるようだった。そっとなかをのぞき、「こんにちは」と声をかける。

「何か用ですか？」

ぞうきんを持った男子生徒がいた。童顔でどこかかわいらしい雰囲気《ふんいき》のある、細身で小《こ》柄《がら》な少年。白い学生シャツは少しサイズが大きいのか、ややぶかっとして見えた。上ばきの色から、一年生だとわかる。

「映研の、一年生？」

「じゃなきゃ、こんなとこにいませんけど。どちらさまです？」

ツンツンした口調で問われ、おれは自己紹介《しょうかい》をし、星野さんの頼《たの》みで映画の撮影《さつえい》に参加することになったと説明した。

「あぁ、蓮也《れんや》役の」

おれがピンチヒッターで参加することは知っていたらしい。一年生の彼《かれ》は、駒方眞生《こまがたまお》と名乗った。

「よろしくどうぞ。じゃ、豊川先輩《せんぱい》、とりあえずそうじ、手伝ってください」

かくして、なぜか部室のそうじをすることになった。駒方くんが棚《たな》にある不要品をひっぱりだして分別しているせいで、とってもほこりっぽい。

「おれはゴミの分別するんで、豊川先輩《せんぱい》はこのぞうきんでほこりをはらって、ふいてください」

せっせと働く駒方くんを見ながら、おれはそっと聞いた。

「部室のそうじって、定期的にしてるの？」

ファイルの表面をぞうきんでふくと、灰色の綿ぼこりができて床《ゆか》に落ちた。

「定期的にしてたら、こんなに汚《きたな》くなってませんよ」

「だよね……」

「今日からまともに活動するみたいだから、少しはきれいにしようかと思って」

「今まで、まともに活動してなかったってこと？」

ぐしゃぐしゃになったプリントをゴミ袋《ぶくろ》につっこんで、駒方くんがこちらを見る。

「去年までのことは知りません。ぼく、新入生なんで。で、先月は『きみ咲《さ》く』のキャスティングのことで、ずっともめてまともな活動にはなってませんでした」

「駒形くんは、蓮也役、やろうと思わなかったの？」

泥沼《どろぬま》三角関係のせいで男子の会員ふたりが映研をやめた結果、おれに白羽の矢が立った。

でも、ほかに男子の会員がいるなら、おれでなくてもよかったのでは。

「はぁぁ？」

駒形くんに、にらまれた。

「あんた、何言っちゃってるんですか？」

駒形くんは、スチールラックを片手でバンバンとたたく。

「石黒先輩《せんぱい》のすばらしい脚本《きゃくほん》、読んでないんですか？」

「脚本《きゃくほん》って、『きみが咲《さ》くまであと』の？」

「ほかに何があるんですか」

「あの脚本《きゃくほん》、石黒先輩《せんぱい》が書いてるの？」

あの感動ラブストーリーを？　もしゃもしゃ丸メガネの、どうかしてる石黒先輩《せんぱい》が？

「そんなことも知らないでひきうけたんですか？　あんた、本当にやれるんですか？」

「その、最善はつくすつもりで来ています」

「ならわかるでしょ。どう考えても、蓮也はぼくのイメージじゃないです」

ついまじまじと駒方くんを見た。そして、先日の部室でのことを思い出す。

みんなは、星野さんとならんだときの身長差やバランスを見ていた。駒方くんは小柄《こがら》で、おれより身長がずっと低い。監督《かんとく》である石黒先輩《せんぱい》のこだわりで、蓮也役は星野さんよりも身長の高い男子でということだった。

とはいえ、おれも特別なイケメンではない、地味な文化系男子でしかないわけで。

「べつに、駒形くんでもかまわないとは思うけど……」

「かわいいおれが凛子先輩《せんぱい》とならんだら、かわいいの二乗《にじょう》じゃないですか！　かわいさが大事な作品じゃないんですよ、これは」

駒方くん、自分で『かわいい』って言った。よくわからないけど、そういうものらしいと納得しておく。

その後、駒方くんは、いかに石黒先輩《せんぱい》の脚本《きゃくほん》がすばらしいかをキラキラした目で語りだした。駒方くんは去年の冬、地域の公民館でおこなわれていた映研の上映会にたまたま参加し、石黒先輩《せんぱい》の作品に惚《ほ》れこんだらしい。そこで『ぜったいに映研に入る』と宣言し、中学入学直前の春休みから石黒先輩《せんぱい》の自主映画の撮影《さつえい》を手伝っていたとか。

「あの人は、将来マジでビッグになりますよ。あぁ、想像しただけでふるえる……」

そんな話を聞きながらそうじをつづけていたら、星野さんと、先日もおくれて部室に来た個性派女子があらわれた。彼女《かのじょ》は、二年三組の渡部美織《わたなべみおり》だと自己紹介《しょうかい》した。

「コマちゃん、そうじしてたの？　どうせすぐ汚《きたな》くなるのに」

駒方くんのことを渡部さんは「コマちゃん」と呼び、頭をぐりぐりとなでる。

「頭なでるのやめてください。セクハラです」

「コマちゃんは、今日もかわいいのう」

渡部さんの手から逃《に》げまわるコマちゃんを見ていたら、石黒先輩《せんぱい》もあらわれた。

「お、もう全員そろってんのか」

その言葉で、ここにいるのが映研のメンバーすべてだとわかった。

コマちゃんは、「石黒先輩《せんぱい》！」と飼い主を見つけた子犬のように駆《か》けよる。

「おれ、そうじしてたんです！　えらかったですよね？　ほめてください！」

石黒先輩《せんぱい》がおざなりにコマちゃんの頭をポンポンする。コマちゃんはしびれたような笑みを浮《う》かべ、そしてゴミ袋《ぶくろ》を片づけた。

コマちゃんの努力のかいもあって少しは広くなった（らしい）部室で、さっそく脚本《きゃくほん》の読みあわせをすることになった。

石黒先輩《せんぱい》はそうそうにふんぞりかえって脚本《きゃくほん》を見はじめ、渡部さんは前髪《まえがみ》をとめたヘアピンをいじりだし、そして星野さんが部室を見わたした。

「いす、足りてないね。借りてくるよ」

星野さんがパタパタと部室を出ていくのを見送って、こそっとコマちゃんに聞く。

「星野さんって、ここだとあんな感じなの？」

「あんな感じって？」

「なんというか……まじめ？」

部室に来てから、星野さんはコマちゃんがまとめたゴミの片づけを手伝ったり、脚本《きゃくほん》の確認をしたり、準備をしたりとテキパキ動いていた。石黒先輩《せんぱい》と渡部さんがマイペースなので、その対比がよけいに目につく。

「凛子先輩《せんぱい》はまじめですね。うちの会員のなかでは、ちゃんとしてるほうというか。気もきくし、まわりもよく見てるし、話も通じるし、いつも演技に真剣だし。クラスではちがうんですか？」

星野さんを語れるほど、クラスでは親しくない。ただ、特別まじめな印象もなかった。

「クラスでは、あんまり知らなくて」

「へー。まぁ、責任感は強いですよね。乃木坂先輩《せんぱい》とかがやめちゃったのにも、責任、感じてたみたいだし。それで、代わりは自分がさがすからって、つれてこられたのが」

コマちゃんはおれを指さし、なぜかじとっとした目になる。

「なんだよ」

「豊川先輩《せんぱい》は、凛子先輩《せんぱい》に惚《ほ》れないでくださいね」

「なんでそういう話になるんだよ」

「男って、そういうギャップに弱いんじゃないですか？　乃木坂先輩《せんぱい》がいい例だし。撮影《さつえい》の途中《とちゅう》で抜《ぬ》けられたりしたら、本当に迷惑《めいわく》なんでかんべんです」

「コマちゃんも男だろ」

「おれ、映研では石黒先輩《せんぱい》以上に好きな人いないんで」

なんて話をしていたら、星野さんがパイプいすをふたつかかえてもどってきた。そのうちのひとつを差しだされる。

「よろしくね、波瑠くん」

コマちゃんが変なことを言ったせいでむだに意識してしまい、「どうも」とかえした声は小さくなった。

こうして、円を描《えが》くようにいすをならべ、脚本《きゃくほん》の読みあわせがはじまった。

映画は、三十分に満たない短編。脚本《きゃくほん》と監督《かんとく》、撮影《さつえい》の担当が石黒先輩《せんぱい》で、録音、編集などの担当が渡部さん、その他の雑用がコマちゃん、そして主演・準主演の役者がおれと星野さんという役割分担になっている。

まずは、頭からセリフを読んでみることになった。

「これはわたしのおすすめ。来月公開の映画の原作」

「これ、よかったら、いっしょに行かない？」

「蓮也くん、来るの早かったんだね」

星野さんは、ほとんど脚本《きゃくほん》を見ていなかった。セリフは頭に入っているらしい。おまけに、いすにはすわっているものの、身ぶり手ぶりをまじえて演技もしている。

なんとかそれについていこうと、おなかから声を出してみたところ。

「蓮也、ちょっとストップ」

石黒先輩《せんぱい》にとめられた。

「豊川くん、声、わざと大きく出そうとしてる？」

「あ、はい。じつは先週、演劇部の練習にちょっと参加させてもらって。おなかから声を出したほうがひびくって聞いて」

すると、石黒先輩《せんぱい》は後頭部をポリポリとかきつつ、「あー」と声をもらす。

「そういうの、全部忘れていいから」

「え」

おれがかたまっていると、星野さんが教えてくれた。

「舞台《ぶたい》演技と映像演技って、演技の仕方がちがうんだよ。舞台《ぶたい》だとお客さんにむけて通る声を出してセリフを伝えないといけないんだけど、映画とかドラマの映像だと、音声はマイクで拾ったり、必要なときはべつで録音したりするの。だから、自然な話し方のほうが、むしろいいっていうか。あ、でも、滑舌《かつぜつ》の練習は役に立つかな？」

演技なら演劇部だろうと、安直に考えた自分がうらめしい。

「よけいなことしてすみません……」

こんなことなら、どういう準備やトレーニングをするといいのか、先に星野さんに聞いておけばよかった。やる気が先走って、中途半端《ちゅうとはんぱ》なことをした。

「でも波瑠くん、演劇部にまで行ってくれたんだね。ありがとう！」

すかさず星野さんにフォローされ、じわりと耳の先が熱くなる。

「それは、やると決めたので一応……」

「この調子でがんばろうね！」

笑顔の星野さんの一方、じと目のコマちゃんに気づく。星野さんに惚《ほ》れるなと言いたいのだろう。それくらいわかってるし、おれはそんなにちょろくない。脚本《きゃくほん》の一ページ目に、『自然な話し方で』と書いておく。

そんな感じで、どうにかこうにか脚本《きゃくほん》を最後まで読んだ。星野さんは石黒先輩《せんぱい》に「完ぺき」なんてほめられていて、「ありがとうございまーす」と笑顔でかえした。

休憩《きゅうけい》することになり、水筒《すいとう》を手に部室から出ると廊下《ろうか》の空気は澄《す》んでいた。やっぱり、あの部室はほこりっぽい。撮影《さつえい》がはじまれば、部室に長時間いることもなくなるのだろうけど。

非常扉《ひじょうとびら》をおしあけた先の空は、厚い雲におおわれていた。空気はじっとり重たくて、いかにも梅雨って感じがする。明日の天気は雨かもしれない。

水筒《すいとう》の麦茶といっしょに、あらためてふくらんだ不安をのみこんでいく。やると決めたし不安になってもしょうがないとは思えど、星野さんの演技と自分の大根演技じゃ、つりあう気がしない。

そのとき、非常扉《ひじょうとびら》がギッと音を立ててひらいた。顔を出したのは、渡部さん。

「波瑠くんじゃん」

渡部さんは、ポスンとおれのとなりにすわった。瞬間接着剤《しゅんかんせっちゃくざい》のようなつんとした臭《にお》いがすると思ったら、赤いマニキュアの小瓶《こびん》を持っている。

「部室でぬってたら、石黒くんに臭《くさ》いって怒《おこ》られちゃった」

「マニキュアって、学校でしていいの？」

「そういうのに、許可必要？」

「だって校則」

「あたしは爪《つめ》を赤くしたいの。だからぬる。それだけ」

カラフルなヘアピンだらけの前髪《まえがみ》に、黄色と緑の星柄《ほしがら》のくつ下、真っ赤なネイル。

「自由すぎる……」

「波瑠くんは、校則やぶるとかしなそうだよね。蓮也っぽくてすごくいいと思うよ」

「地味な文化系」

「そうそう！　凛子も見る目あるわー」

渡部さんはケラっと笑い、両手をひらひらと動かす。ネイルを乾《かわ》かしているようだ。

「渡部さんは、星野さんと仲いいの？」

「ま、そうだね。家も近所だし。幼なじみ的な？」

「そうなんだ。その……」

おれがつづきを言いよどんでいると、渡部さんにつま先で蹴《け》られた。

「何？　聞きたいことでもあんの？」

「演劇部の練習に行ったときさ。星野さんが嘘泣《うそな》きする、みたいなこと聞いて。おれも嘘《うそ》泣きされたし、そういうの昔からなのかな、とか」

渡部さんは、手をひらひらさせながら「あー……」と苦笑する。

「なんというか、あの子にもいろいろ事情があるから」

「事情？」

「すぐ泣くし、こびるのも上手《じょうず》。だから女子にきらわれる」

「辛辣《しんらつ》だなぁ」

「さっき凛子にフォローされて、波瑠くんもちょっとドキドキしちゃったんじゃない？」

渡部さんにゲシゲシ蹴《け》られたけど、それにはコメントしないでおく。

「ま、涙《なみだ》を武器にするのは、あまりよくないと思うけどね」

「渡部さんは、いろいろわかってて仲よくしてるんだ？」

「まーね。あたしに害はないし、見てる分《ぶん》にはおもしろい。あと、凛子は撮《と》れ高《だか》が高い」

「とれだか？」

「写真でも動画でも、いい絵が撮《と》れるってこと。——あたし、もともとカメラがいじりたかったの。でもうちの学校、写真部ないでしょ？　だから映研に入ることにしたんだけど、それで一年のときに凛子にも声かけたってわけ。いい被写体《ひしゃたい》は必要だからね」

「被写体《ひしゃたい》……」

「凛子はかわいいでしょ？」

その質問に「まぁ」と流れでこたえてしまい、渡部さんに愉快《ゆかい》そうな目をむけられた。

おれは「深い意味はないから」と補足しておく。

「凛子って、小学生のころから本当にかわいかったんだよねー。見た目がいいのはもちろんなんだけど、自分をかわいく見せるのがうまいんだよ。カメラがあるところでもないところでもさ。いつもまわりを意識してるというか」

なんとなくわかるような気がした。星野さんは常に周囲に気を配り、自分がどう見られるのかを意識している。

「だから、小学校で劇をやるときは、いつもお姫《ひめ》さまとか目立つ役をやってて」

「それなら、映研じゃなくて、演劇部のほうがよかったんじゃないの？」

「演劇部の見学にも行ってたよ。でも、部員が少ない分《ぶん》、活躍《かつやく》できそうだからって映研に決めたみたい。あと、女子の先輩《せんぱい》がいないのもよかったのかな。凛子、女子にきらわれるタイプだから」

泥沼《どろぬま》三角関係について教えてくれた、演劇部の女子部員を思い出す。なるほど。

「何はともあれ、あたしはかわいい凛子を撮《と》りたい。だから、波瑠くんもがんばってね」

渡部さんは、よっとはずみをつけて立ちあがった。それから両手を空のほうにかざし、

「あぁ!?」と声をあげる。

「波瑠くんのせいで、ネイルよれちゃった」

渡部さんに何かをしたおぼえはなかったけど、ひとまず「ごめん」と謝っておいた。

そのあとは、練習がてら中庭に出て、冒頭《ぼうとう》数シーンのリハーサルをした。

脚本《きゃくほん》をちらちらと見ながらではあったし、たいしてセリフもない。それでも、実際に

立ったりすわったりして演技をするのはすごく緊張《きんちょう》した。

「変な演技はいらない」「いつもの波瑠くんを思い出せ」とか、ふだんのおれなんて何も知らないであろう石黒先輩《せんぱい》からあれこれだめ出しを受けた。いつのまにか「波瑠くん」呼びまでされている。同じシーンを何度も演じ、「棒読みのほうがかえって挙動不審感《きょどうふしんかん》が出てていい」みたいなことを言われ、最後はなんとなくそれっぽくなったそうで（自分じゃよくわからない）、リハーサルは無事に終了《しゅうりょう》した。

校則で持ちこみを禁止されているはずのスマホを堂々《どうどう》と見ながら、コマちゃんが「今週は、なんとか雨はふらなそうですね」と言った。雨ふりでなければ冒頭《ぼうとう》のシーンを二日後に撮影《さつえい》することが決まり、その日は解散となった。


中学に入ってから、おれは週二で塾《じゅく》に通っている。家からそんなに遠くないし、天気が悪くなければ行きと帰りは自転車だ。

コマちゃんが言ったとおり、今日は雨はふらず、昨日《きのう》と同じくもり空だった。日がしずんで午後九時をまわっても、空にうっすらと広がった雲が見える。ペダルをこいで、生ぬるい空気を切りさいた。千葉港《ちばこう》のすぐそばのこの街は、いつだって潮の香《かお》りが濃《こ》く、夏が近づくと湿気《しっけ》が強くなる。無心にペダルをこいでいると、塾《じゅく》で学んだばかりの数式が次々《つぎつぎ》と浮《う》かんでくる蓮也のセリフにとってかわられ、小さく声に出してみた。

「ぼ、ぼくも、映画、観た。原作も、おもしろいと思う」

「これ、もう少しで読みおわるんだけど。そのあとでよければ、貸そうか」

セリフをまちがえないように意識するとつっかえてしまうことがあって、でもそのほうが蓮也っぽくていい、などと石黒先輩《せんぱい》には言われるしで、おれは少し混乱している。

蓮也は、あまり自分に自信がないタイプだ。好きなものもあるし、本当はだれかと話したいけど、人づきあいが苦手。澄花《すみか》との出会いをきっかけに、だんだんと前むきになっていく。

一方のおれは、自分では社交的にふるまえているほうだと思っていた。女子と話すのもすごく苦手ってわけじゃないし、必要があればだれとでも話せる。けど、石黒先輩《せんぱい》にあんなふうにいろいろ言われて、自分で自分がわからなくなってきた。

自分で思っているほど、おれは社交的でもなんでもないのかもしれない。自分のことは、自分がいちばん客観視できていないものだし。

冒頭《ぼうとう》数シーンのセリフはすっかり頭に入っていたけど、家でもう一度読もうかな……。

街灯が連《つら》なる明るい国道沿いを走っていくと、二十四時間営業のコンビニの前を通りかかった。不良がいるかもしれないから夜のコンビニには寄り道しないように、なんて母さんに言われたのを思い出す。大げさだなぁと、いつも思っていたのだけど。

コンビニの駐車場《ちゅうしゃじょう》、すみのほうに人影《ひとかげ》があった。

これが不良か、と一瞬《いっしゅん》思ったけど、人影《ひとかげ》は思いのほか小さい。女子だ。T《ティー》シャツにショートパンツという格好《かっこう》でしゃがんでいる。長い髪《かみ》をひとつに結っていて……。

キキッとブレーキをかけた。

「星野さん?」

思わず声をかけると、星野さんは顔をあげた。

「あれ、波瑠くんじゃん」

たむろしている不良はいないようだし、おれは自転車をおりて星野さんに近づいた。

「波瑠くん、何してるの？　サイクリング？」

「なわけないし……塾《じゅく》の帰り。星野さんこそ、こんな時間に」

「凛子って呼べって言ったじゃん」

「今は、そんな話してなくて」

「呼んで」

星野さんに近づいて、気がついた。

その目もとは、泣きはらしたあとみたいに赤くなっている。

「……また嘘泣《うそな》きでもしたの？」

うまい言葉じゃなかったな、と思う。言葉を選ぶのがうまくないという意味では、おれは蓮也とやはり似ているのかもしれない。

星野さんは小さく笑って、「人聞きの悪い言い方するなー」とこたえた。そして、パンツのポケットから何かをとりだす。

「波瑠くん、手、出して」

自転車をとめ、言われたとおり手のひらをむけると、載《の》せられたのは百円玉二枚。

「アイス買ってきて。ソーダ味のやつ二本」

コンビニでシャリシャリくんのソーダ味を二本買ってもどると、星野さんは駐車場《ちゅうしゃじょう》の車どめのブロックに腰《こし》かけていた。おつりとアイス二本をわたすと、一本をつきかえされる。

「これは波瑠くんの分《ぶん》」

「じゃあ、お金はらうよ」

「いいって。早く受けとってよ。とけちゃう」

とりあえず受けとり、おれも星野さんのとなりのブロックに腰《こし》かけた。おれがアイスの袋《ふくろ》をやぶった一方、星野さんはアイスを出さず、袋《ふくろ》のまま目もとにあてている。

「目、痛いの？」

「嘘泣《うそな》きもつかれるからさー」

「やっぱり嘘泣《うそな》きだったの？」

星野さんは目もとからアイスをはなすと、今度は袋《ふくろ》をやぶって中身を出した。すわってアイスを食べているだけなのに、星野さんは絵になる。

「おいしー」

「なんでこんな時間に嘘泣《うそな》きなんか……もしかして、また乃木坂？」

「乃木坂くんに、こんな時間に会うわけないじゃん。言っとくけど、乃木坂くんに嘘泣《うそな》き使ったのも、あの一回だけだからね。あのあとはかかわりないし」

「じゃあ――」

星野さんはしゃりっとアイスバーをかじり、「親」とこたえた。

「親がケンカしてたから、泣いてとめた」

しゃり、しゃり、と星野さんはアイスバーをかじっていく。おれもそれを真似《まね》るように数口食べた。すっきりしたソーダ味は舌の上であいまいになり、冷たい氷がのどを通って体の中心に軌跡《きせき》を描《えが》いて消えていく。

口のなかが空になってから聞いた。

「ケンカって、よくあるの？」

「まぁね」

ぼってりしたまぶたのまま遠い目をして、星野さんはアイスバーをまたかじる。

渡部さんが言っていた「事情」って、このことなんだろうか。

小学生のころから演技が上手《じょうず》だったという星野さん。もしかしたらそれには、親の不仲が影響《えいきょう》していたんだろうか。

たとえば、舞台《ぶたい》に立っているところを親に見せたかったとか。

それで演技がうまくなっていって、嘘泣《うそな》きも上手《じょうず》になって。

「もしかして、親のケンカ、毎回泣いてとめてるの？」

星野さんがこっちにすっと目をやった。

「悪い？」

自分から質問したくせに、反応にこまってしまう。そんなおれを、星野さんは笑った。

「泣くのって、便利なんだよ。ちょっと目をうるうるさせれば、みんなあわてて言うこと聞いてくれて、ちやほやしてくれる」

たしかに、おれもそうだった。昇降口《しょうこうぐち》のそばで星野さんに泣かれて、周囲の目が気になって部室に行くことを了承《りょうしょう》した。

「便利だよねー、ホント」

おれはすぐに返事をせず、アイスバーにかじりつく。甘《あま》くて冷たくて、でも胃に落ちても今は全然すっきりしない。むかむかする。

自分が、星野さんに腹を立てていることに気がついた。

「そういうのって――」

卑怯《ひきょう》だし、ずるい。

そんなふうにつづけようとした言葉は、星野さんにさえぎられた。

「なのに、なんで、うまくいかないんだろうなぁ……」

星野さんはその目のふちをわずかにうるませ、でも涙《なみだ》はこぼさず、アイスバーの残りを口にふくむ。

想像してみる。親がケンカをしていて、それを見た子どもが泣きだしたら。気まずくなって、親はケンカをやめるかもしれない。ケンカから、子どもをなぐさめることにシフトもするだろう。でもそれって、なんていうか……。

「根本的な解決に、なってないからなんじゃない？」

そう口にした瞬間《しゅんかん》、星野さんの目がこちらを見た。

「どういう意味？」

「どういうって……。だって、泣いてケンカを中断させてるだけなんだよね？　ケンカの原因とかそういうの、なあなあにしてるだけなんじゃないかな、と」

そこまで言ってしまってから気がついた。

星野さんは、するどくおれをにらんでいる。

「その、星野さんを責めてるわけじゃ――」

「うっさい。っていうか、下の名前で呼べって言ってるのに！」

星野さんはパッと立ちあがり、くしゃりと顔をゆがませた。

……こんなことを考えている場合じゃないと思うのに。

怒《おこ》っているような今にも泣きだしてしまいそうな、そんな表情ですら、星野さんはやっぱりかわいくて華《はな》があって、どうしようもなく絵になっていた。

「波瑠くんのバカ！」

星野さんはそうはきすて、走りさっていく。

アイスバーの残りがとけて、ぼとっと地面に落ちた。星野さんの姿がまったく見えなくなっても、しばらくそこから動けなかった。足もとでとけていくソーダのブルーがアスファルトの黒にとけ、コンビニの明かりを受けてかがやいた。

9 ― 病院の個室（昼）

病室に入る蓮也《れんや》。

澄花《すみか》は蓮也に顔をそむけるようにし、ベッドに横になっている。

蓮也はベッドに近づき、だがすぐに足をとめる。

布団《ふとん》の上に出された澄花のうでには、小さな青い花が咲《さ》いている。

澄花　「……蓮也くん？」

澄花がゆっくりと蓮也のほうに顔をむける。

澄花「ごめん、びっくりしたよね……」

蓮也はベッドに近づき、近くにあったいすをひいてすわる。

蓮也「びっくりした。救急車なんて、はじめて乗ったし……」

気まずい沈黙《ちんもく》が落ちる。

澄花がゆっくりと上体を起こす。

蓮也「起きあがって大丈夫《だいじょうぶ》なの？」

澄花「大丈夫《だいじょうぶ》……もう落ちついたから。花がたくさん咲《さ》いたから、体がびっくりしたみたい」

澄花は自分のうでに咲《さ》いている花をむしり、花びらを布団《ふとん》の上に散らす。

×　　×　　×

（フラッシュバック）

地面にたおれている澄花。

そのうでや頬《ほほ》に、青い花がたくさん咲《さ》いている。

×　　×　　×

●REC

蓮也「この花、なんなの？」
澄花「蓮也くん、『花咲病《はなさきびょう》』って聞いたことない？」

×　×　×

（SNS《エスエヌエス》の画面）
《体中に花が咲《さ》いて、最後は死んじゃう病気があるんだって》
《治療《ちりょう》法はあるの？》
《ないらしい》
《それ知ってる。花咲病《はなさきびょう》でしょ？》

×　×　×

体を強《こわ》ばらせたまま、蓮也は小さな声で言う。
蓮也「都市伝説とか、ネット上のうわさみたいなものだと思ってた」
澄花「まだ、一般《いっぱん》的にはあまり知られていない病気だからね」
澄花は布団《ふとん》の上に散った花びらを指先でいじる。
蓮也もそっと花びらにふれる。

蓮也「ときどき、永井さんから甘《あま》い匂《にお》いがするなって思ってた」
澄花「そうなんだ。自分では、匂《にお》いなんて全然わからなかったよ。……この花は、わたしの体を養分にして咲《さ》いてるんだって」
　蓮也はギョッとして花びらから手をひっこめる。
澄花「いつかわたしは、花にとってかわられる」
　澄花は手を動かし、花びらをベッドの下にはらいおとす。
澄花「これから花がどんどん咲《さ》いて、むしるのも追いつかなくなって……全身に花が咲《さ》ききったら、おしまい」
蓮也「おしまい、って……」
澄花「死ぬってこと」

4 何も、知らなかった

翌朝、星野《ほしの》さんはおれのことを教室で無視した。

といっても、もとから教室で仲よくおしゃべりをするような関係じゃない。映研にかかわるようになってから、以前よりはあいさつしたり、たまにむこうから話しかけてきたりするようになった、それくらいのこと。星野さんが話しかけてこないからといって、無視されたなんて思うのは自意識過剰《かじょう》だとは思う、けど。

『波瑠《はる》くんのバカ！』

あんなふうにいなくなったので、まだ怒《おこ》っていると考えるのが妥当《だとう》だろう。

けど、こっちだって……。

すっきりしない気持ちのまま放課後になり、いよいよ『きみが咲《さ》くまであと』のはじめての撮影《さつえい》となった。

舞台《ぶたい》演劇では頭から順番にストーリーを通すのに対し、映画ではシーンごとに細かく撮《さつ》影《えい》し、あとで編集してつなぎなおす。このため、天候や撮影《さつえい》場所の都合などによって、撮《さつ》影《えい》するシーンの順番はバラバラになるのが通常だという。

けど、石黒先輩《いしぐろせんぱい》は可能なかぎり順撮《じゅんど》り（頭から順番に撮影《さつえい》すること）したい方針だそうで、今日は一番目のシーン。

撮影《さつえい》場所は中庭。どこから持ってきたのか、コマちゃんが中庭に通ずる通路に三角コーンをおいて人ばらいをしている。学校から撮影《さつえい》の許可を得ているわけでもなさそうだし、こういうことをしているから映研はトラブルが多いと言われるんだろうと遠い目になる。

渡部《わたなべ》さんは黒くて四角いバッグをななめがけにし、先端《せんたん》にもふもふしたカバーのあるマイクつきの自撮《じど》り棒みたいなものを持って、ヘッドフォンを装着していた。あのマイクで声を拾うらしい。

人ばらいをしたコマちゃんが、今度はカメラのセッティングをする。先日おれが壊《こわ》したものによく似《に》た機材をスタンドに設置していて、思わず聞いた。

「そのカメラ、壊《こわ》れたんじゃないの？」

コマちゃんは「はぁ？」と言いたそうな顔でおれを見る。

「そういや、ケースが割れてましたね。中身はべつに壊《こわ》れてないですけど」

「え、壊《こわ》れてないの？」

「あーもう、いそがしいんだから、じゃましないでください」

そして、コマちゃんはタブレット端末《たんまつ》を操作しだす。カメラとタブレット端末《たんまつ》の両方で撮《と》るらしい。

カメラが壊《こわ》れていないなら、おれはなぜここに……。

ここで深く考えたら負けな気がして、思考を停止した。気をまぎらわせるようにふと目をやると、石黒先輩《せんぱい》が中庭のすみにある古いベンチを、花壇《かだん》のそばにひきずって移動させていた。また勝手なことを……。

「波瑠くん、ジャケット着てこのベンチにすわって」

石黒先輩《せんぱい》に指示され、おれは冬服のジャケットを着てベンチにすわる。物語の冒頭《ぼうとう》は春なので、冬服での撮影《さつえい》なのだ。暑い。

石黒先輩《せんぱい》とコマちゃんが、相談しながらカメラの位置を変えたりしていて、あらためて〝撮《と》られる〟ということを意識して背すじがのびる。

チラと星野さんを見ると、はなれたところでハンカチ片手に立っていた。長そでのセーラー服姿。うちの学校の制服はブレザーなので、いとこに借りたのだそう。

こんな感じで準備は進められ、軽くカメラテストもした。石黒先輩《せんぱい》は渡部さんとコマちゃんに確認をとり、いよいよ声をあげる。

「アクション！」

おれは静かに深呼吸し、手にした文庫本のページをめくった。石黒先輩《せんぱい》にわたされた文庫本には、青い空が描《か》かれたカバーがかけられている。そのカバーは石黒先輩《せんぱい》のお手製で、『きみがいた青い明日《あした》へ』なんてそれっぽいタイトルがつけられている。

カメラを、撮《と》られているということを意識すると、体の表面が緊張《きんちょう》でぴりっとする。すわっているのに足がふるえかける。

少しして、目の前を星野さんが通りすぎた。ハンカチがふわりとおれの足もとに落ちる。

蓮也《れんや》は去っていく澄花《すみか》とハンカチを見比べる。カメラのむこうで、石黒先輩《せんぱい》が手ぶりで合図をしてきたので、おれは声をかけた。

「**あの**」

おれの頭より少し高いところに、渡部さんが持つマイクがある。ちゃんと声を拾えているんだろうかと不安になるが、カットの声はかからないので演技をつづけた。

「**あの、ハンカチ！**」

これだけのセリフなのに声がふるえかける。

星野さんが――澄花がふりかえった。

「**ありがとう**」

そして、おれは落ちていたハンカチを拾い、星野さんに差しだした、そのとき。

――カキーンッ！

バットがボールを打つ甲高《かんだか》い音が、遠くでひびいた。グラウンドの野球部のものか。

「カット！」

あーくそ、と石黒先輩《せんぱい》が地団駄《じだんだ》をふむ。

「よけいな音が入った。なんで野球部は活動してんだよ？」

放課後に練習をする権利はどの部にもあるけど、石黒先輩《せんぱい》には関係ない。

「絶好の撮影日和《さつえいびより》だってのに！　野球部ごときがおれのじゃますんじゃねーよ」

「でも今のカット、雰囲気《ふんいき》はよかったんじゃない？」

渡部さんの言葉に、石黒先輩《せんぱい》は「まぁ」とこたえて少し表情をゆるめた。

「波瑠くんがガチガチだったけど、よそよそしい感じは出てたな……」

やっぱり、緊張《きんちょう》していたのが伝わっていたらしい。

「すみません、なんか緊張《きんちょう》しちゃって」

「いい、いい」と石黒先輩《せんぱい》は謝るおれを手で制した。

「コミュ障っぽい感じがよく出てるから」

そんな感じで、バッティングの音にときたまじゃまをされながらも、少しずつ撮影《さつえい》を進めていった。カメラの角度を変えて同じシーンを何度も撮影《さつえい》するので、だんだんと頭がバグってきて、おまけに季節はずれの冬服もあいまって体が熱くなってくる。

「あの、ちょっと水分とってもいいですか？」

ベンチにすわってジャケットをぬぐと、なかが蒸し風呂《ぶろ》のようになっていた。シャツの背中がじっとりと汗《あせ》をかいている。すずしい顔をしながらも、星野さんもハンディファンで顔に風をあてている。

「……さすがに暑いね、冬服」

そっと話しかけると、星野さんはつんとして顔をそらす。

カメラがまわっているあいだは星野さんはにこやかで、いかにも感じのいい笑顔を作っていた。けど、おれは気づいている。

その目は、心から笑ってない。

星野さんが昨晩のことを怒《おこ》っていると、これで明白になった。この状態で撮影《さつえい》をつづけるのは、あんまりよくない気がする。じゃあ、謝ればいい？　でも、なんといって？

野球部のバッティングの音がまた聞こえた。石黒先輩《せんぱい》の指示を受け、コマちゃんが何も咲《さ》いていない花壇《かだん》にチューリップの造花をさしはじめる。あれを撮影《さつえい》して、本当に春っぽく見えるんだろうか……。

ぼうっとしていたら「波瑠くん、つづきいける？」と石黒先輩《せんぱい》に声をかけられ、おれは汗《あせ》をぬぐって水筒《すいとう》の麦茶を飲みほした。

中庭で撮影《さつえい》したあとは、廊下《ろうか》や教室でも撮影《さつえい》をして、日がかたむいてきたころに解散となった。


星野さんとの気まずい空気は解消されないまま、撮影《さつえい》はつづいた。

同じシーンを何度も撮《と》るうちに、撮《と》られることにも少しずつ慣れてきた。セリフも下手《へた》に感情をこめて言おうとすると「わざとらしい」と指摘《してき》されてしまうので、あまり気負わず口にするようになったらＯＫ《オーケー》をもらえることが増えた。最初はこんな棒読みでいいのかと思ったけど、次第に蓮也のキャラが自分のなかでもしっくりくるようになった。マイクで声を拾えるよう、ぼそぼそしすぎないようにだけ意識する。

星野さんとは教室ではまったく話さなかったし、撮影《さつえい》中でもセリフのかけあい以外でほとんど会話はなかった。最初はそれでも問題なかったが、週が明け、撮影《さつえい》したのはふたりが出かける約束をするシーン。

廊下《ろうか》で立ち話をした際に、映画の試写会にあたったと澄花が話し、蓮也を誘《さそ》う。

「これ、よかったら、いっしょに行かない？」

「カットー！」

石黒先輩《せんぱい》が、もしゃもしゃの頭をかきまわす。

「なんかさぁ、キュンキュンしねーんだよなぁ」

「キュンキュン」なんて言葉が不似あいすぎる石黒先輩《せんぱい》が、おれと星野さんのあいだに割って入った。

「ここはさー、じつはおたがいに意識しあってるけど、そういうの隠《かく》して、なんでもない顔で出かける約束をするシーンなわけよ。恋《こい》のかけひきってやつ」

石黒先輩《せんぱい》の言いたいことはわかる。わかるけど。

「そんな高等な演技を求められても……」

「波瑠くんに、そんな高等な演技求めてねーし。けどさぁ、おまえら、最近空気悪すぎなんだよ。ケンカでもしてんの？」

思わず星野さんと視線を交わした。

「そういうの、カメラ越《ご》しに見るとわかんだわ」

星野さんは少し唇《くちびる》をとがらせ、おれからつんと目をそらす。

おれが「すみません」と小さく謝ると、石黒先輩《せんぱい》はうでを組んで考えこんだ。そこにひらいた脚本《きゃくほん》を手にした渡部さんが近づき、何かを耳打ちする。

「あ、それいいかも」

そして、石黒先輩《せんぱい》はコマちゃんに指示を出した。

「今日の撮影《さつえい》シーン、変更《へんこう》で」


そうして移動し、到着《とうちゃく》したのは保健室。

「えー、今日やるの?」

養護教諭《きょうゆ》の浜中《はまなか》先生は、いやそうな表情を隠《かく》そうともしない。けど、それしきで石黒先《せん》輩《ぱい》はひきさがらない。

「やります」

「まぁ、今なら利用者もいないからいいけど」

「ご協力ありがとうございます！」

『きみが咲《さ》くまであと』には、病室のシーンがある。花咲病《はなさきびょう》にかかった澄花が入院するためだ。その撮影《さつえい》を保健室でやれるよう、映研は事前に浜中先生に交渉《こうしょう》していたらしい。

かくして、撮影《さつえい》準備がはじまった。

使用するのは窓際のベッド。星野さんと渡部さんが協力して棚《たな》をベッドのそばに移動させ、コマちゃんが枕《まくら》の上あたりの壁《かべ》に延長コードの電源タップを貼《は》りつけ、どこかから持ってきたLAN《ラン》ケーブルを無理やりテープで貼《は》っていく。ほかにも、ライトなどが設置された。

何をやってるんだろうと不思議に思いながら遠巻きに見ていたが、保健室のベッドは次第に病室のベッドっぽい見た目になっていく。よく見ると延長コードのスイッチだけど、遠目に見るとナースコールに見えなくもない。コードやコンセントなどが枕《まくら》もとにあるだけで、こんなに印象が変わるのか。

「いい感じじゃん」

ほとんど手伝いをせずに眺《なが》めていた石黒先輩《せんぱい》のGO《ゴー》サインも出て、いよいよ撮影《さつえい》がはじまる――かと思ったそのとき。

ジャジャジャジャンッ！

遠くから管楽器の音が聞こえてきた。今度は吹奏楽部《すいそうがく》が合奏をはじめたらしい。

「コマ！　この音とめてこい！」

石黒先輩《せんぱい》の指令を受け、コマちゃんが駆《か》けでていった。

吹奏楽部《すいそうがく》にだって、もちろん練習する権利がある。音をとめるなんて無茶では……。

そのあいだにおれと星野さんは、渡部さんといっしょに映研の部室に一度移動した。おれは事前に用意していた、えりつきシャツとジーパンという私服に着がえる。病院のシーンは、制服ではなく私服なのだ。

そして、澄花は入院中のシーンであるため、星野さんはあわいブルーのパジャマに着がえ、いつもは結っている髪《かみ》をおろした。渡部さんがメイク道具を出し、アイシャドウで星野さんの目の下にうっすらとくまを作る。星野さんはもともと色白だし、くまがあるだけでとても顔色が悪くなる。

衣装とはいえ、私服で校内をうろつくのは目立った。ただでさえ目につく個性派の渡部さんとパジャマ姿の星野さんといっしょにいるとますます目立ち、知りあいに会うたびに映画のことを説明するはめになった。演劇部の練習の休憩《きゅうけい》中だった真《しん》にもばったり会い、

「ちゃんと撮影《さつえい》やってるんだね」と感心される。

「星野さん、波瑠のやつ、ちゃんと演技できてる?」

よけいなことを聞くなと思ったけど、星野さんは外面《そとづら》モードでニコリとした。

「波瑠くんなりに、がんばってくれてるんじゃない?」

いかにも他人事《ひとごと》みたいというか、なんともふくみのある言い方でおれは若干のいやみを感じとったけど、ピュアな真は「そーなんだ!」と笑顔でかえす。

「映画、完成したらおれにも観せてね!」

真とわかれて保健室にもどると、吹奏楽部《すいそうがく》の音はまだ聞こえていた。それに負けじと石黒先輩《せんぱい》が声をはりあげる。

「セリフがないカットだけ先に撮《と》るぞ」

このシーンは雨の日という設定なので、まず窓に外からすだれでおおいをし、室内の光量を調整した。窓に雨が打ちつけるカットは別撮《べつど》りするらしい。

その後、星野さんがベッドに入り、さもだるそうな雰囲気《ふんいき》で横になったり、上体だけ起こして窓のほうを見たりといったカットを撮影《さつえい》する。いつかのようにうでに青い花を貼《は》りつけ、いかにもいまいましそうな表情で目に涙《なみだ》を浮《う》かべ、それをむしったり。

やっぱり泣くのがうまいんだなぁと感心し、そして同時に複雑になった。

先週のコンビニでの出来事《できごと》がよみがえる。

あのとき、どんな言葉をかけるのが正しかったんだろう。

親のケンカを嘘泣《うそな》きでとめたって、根本的な解決にはならない。それは今でも正しいと思う。

それでも、言葉は選べたのかもしれない。どんな言葉だったらよかったのかは、まったくわからないけど。

そうこうしているうちに、コマちゃんがもどってきた。

「す、吹奏楽部《すいそうがく》と、交渉《こうしょう》してきました……！」

走ってきたのか肩《かた》を上下させ、額《ひたい》の汗《あせ》を片手でぬぐう。

「合奏練習、ご、五時になったら、十分間休憩《きゅうけい》するって。休憩《きゅうけい》中は、楽器の音、出さないように、してくれるよう、頼《たの》んできました」

息も絶え絶えといった様子のコマちゃんの肩《かた》を、石黒先輩《せんぱい》がポンとたたく。

「わかった。おつかれさん」

コマちゃんは赤くなっていた顔を明るくした。

「とんでもないです！　お役に立ててよかったです！」

石黒先輩《せんぱい》の何がこうもコマちゃんにつくさせるのか、いつか聞いてみたい。

そんなわけで、約三十分後に病室のシーンを撮影《さつえい》することになった。その前に一度、リハーサルをすることに。

ベッドにすわり、星野さんは上体を起こしたままの姿勢で窓のほうを見る。

そしておれは、丸いすをひきよせてすわり、いつかと同じ文庫本をひらいた。

石黒先輩《せんぱい》はおれたちにシーンの流れや演出を説明し、そして大きく息を吸う。

「――アクション！」

ふたりは映画を観に出かけたが、途中《とちゅう》で澄花が花を咲《さ》かせて運ばれてしまう。何も知らなかった蓮也はとてもショックを受け、病室の澄花を見舞《みま》った際に、口論になる。

石黒先輩《せんぱい》がなんでこのシーンを先に撮《と》ることに決めたのか、意図はすぐにわかった。おれたちがケンカしているのなら、口論のシーンを撮《と》ってしまおうというわけだ。

セリフが多いシーンなので、ここは事前に脚本《きゃくほん》を読みこんでいた箇所《かしょ》でもあった。自分としてはスムーズにセリフを口にでき、星野さんとのかけあいもテンポよくできた。

けど、「カットカットカット！」と石黒先輩《せんぱい》に途中《とちゅう》でとめられてしまう。

「ぬるい」

石黒先輩《せんぱい》は、おれと星野さんを順ぐりに指さす。

「ここは口論、ケンカなんだよ、ケ・ン・カ。もっとこう、感情をぶつけあうような感じがほしいわけ！　怒鳴《どな》るのでも泣くのでもＯＫ《オーケー》。凛子も、もっと波瑠くんの目を見ろ」

「見てるし」

「中途半端《ちゅうとはんぱ》」

そんな石黒先輩《せんぱい》の言葉を聞いて、思わずポロッと言ってしまう。

「……中途半端《ちゅうとはんぱ》がいちばんかっこ悪い」

それはあくまでひとり言で、だれかにむけた言葉ではなかった。けど、ばっちり星野さんの耳にとどいていて。

「それ、波瑠くんが言うわけ？」

怒《いか》りを買ってしまった。

「いや、星野さんに言ったわけじゃなくて」

「また名字で呼ぶし！　——波瑠くんって、そういうとこ無神経だよね。正論なら、なんでも言っていいと思ってる？」

なんて言われてしまうと、おれだってさすがにカチンとする。

「無神経って言うなら、嘘泣《うそな》きのほうがよっぽど無神経だろ」

「わたしは必要があるからやってんの！」

「それが本当に必要なのか、考えなおしたほうがいいって、おれは思っただけで——」

「はい出た、お得意の正論！」

まぁまぁ、と渡部さんが星野さんの肩《かた》をたたいた、そのときだった。

ずっと聞こえていた合奏の音が、ふいにやんだ。

午後五時だ。

そして、気がつけば石黒先輩《せんぱい》がニヤニヤしていた。

「本番も、今みたいな感じで頼《たの》むわ」

カメラとマイクをチェックし、石黒先輩《せんぱい》は手をふりあげる。

「アクション！」


病院の個室。蓮也はベッドのそばで本を読んでいる。

窓のほうを見ていた澄花が静かにため息をつき、ゆっくりと蓮也に顔をむける。

「毎日毎日、よく来るね」

おれはまだおさまっていないイライラを落ちつかせるように、一拍《ぱく》呼吸をおいてから、ゆっくりと星野さんのほうに顔をむけた。

「帰ってほしいなら、そうするけど」

視線がぶつかる。

「だったら……だったら、なんで来るの？」

星野さんは——澄花は、顔をゆがめて自分のうでに咲《さ》いた小さな花をむしる。その表情があの日、一週間前の夜、『波瑠くんのバカ！』とはきすてたときの表情と重なった。

正直、今は顔を見るだけでイライラが増幅《ぞうふく》する。こっちは親切のつもりで言ったのにとか、いろいろぐるぐる考えつつ、おれはセリフを口にした。

「**それは……。なんにも、わからないから**」

すると、蓮也のセリフが、ふいにストンと自分のなかに落ちたような感覚があった。

そう、そのとおりなのだ。

おれは星野さんのことがわからない。なんにも知らない。

嘘泣《うそな》きなんて、無神経だし卑怯《ひきょう》だし、されたほうはたまったものじゃないって心の底から思う。

でも、それを必要としている星野さんの事情とかそういうの、ちょろっと聞いただけで、おれは何も知らない。星野さんの気持ちも何もかも、まったくわからない。

なのに星野さんの言うとおり、正論を――えらそうなことを言った？

「**わからないって？**」

「**永井《ながい》さんの病気のことも、永井さんのことも**」

澄花が、むしった花を蓮也に投げつける。青い花びらは蓮也にはとどかず、はらはらと舞《ま》ってベッドの布団《ふとん》の上に落ちる。

「蓮也くんに教えたって、なんにもならないじゃん」

星野さんの気持ちも伝わってくる。イライラして、腹が立って、きっとこう思ってる。

なんにも知らないくせに、って。

それなら、できることはひとつしかない。

「でも、知らないままは、いやなんだ」

相手を知ること。

澄花は顔を赤くし、言葉をつづける。

「わたしは教えたくなかった。わたしは……蓮也くんのことをなんにも知らない。蓮也くんって、自分のこと、あまり話さないでしょ？　だから、友だちゴッコに都合がいいと思ったの。なんにも知らない人と、気楽にちょっと遊びたかった。それだけ」

蓮也は、好きな本や映画の話はすれど、自分のことについてはほとんど澄花に話していない。

でも、そういうのが楽だっていう気持ちはおれにもわかる。きらわれないように、期待にこたえられるように。そういうふうにキャラを作るときに、本音を口にすることほどじゃまなことってないし。

蓮也は、ここでひきさがることもできた。でも、そうはしない。

「じゃあ、教える」

澄花は**「知りたくない」**とすぐにこたえる。けど、蓮也の意思は変わらない。

「おれは……おれは、ゴッコじゃなくて」

深呼吸。蓮也がここでひかなかったのは、きっと知りたくて、知ってほしかったから。

そういうふうにしないと、築けない関係があると、わかっていたから。

「永井さんと、友だちになりたい」

そのとき、ベッドを囲うパーティションのすきまから浜中先生が顔を出した。**「永井さん、検査の時間ですよ」**と看護師の声を担当してくれている。

澄花はそれに**「今行きます」**とこたえ、そして蓮也から顔をそむけた。

「もう帰って」

「――カーット！」

石黒先輩《せんぱい》がパンパンと手をたたく。

「よかった！　やればできんじゃん！」

石黒先輩《せんぱい》にパシンと肩《かた》をたたかれ、なんだか急に現実にひきもどされた。

石黒先輩《せんぱい》は、星野さんにはぐっと親指を立てる。

「さすが、映研の看板女優」

星野さんは、ふんっと鼻を鳴らす。

「ここ、途中《とちゅう》でカット入れるんじゃなかったんですか？」

「いい雰囲気《ふんいき》だったらから流した。やっぱ、凛子は感情を乗せるのがうまい」

感情を乗せる、という言葉をそういえば演劇部でも耳にした。役の感情に自分の感情を重ねることをさすのだけど、そのほうが演技がよりリアルに、迫真《はくしん》のあるものになる。

石黒先輩《せんぱい》にベタぼめされ、星野さんはまんざらでもない顔になった。そして、おれのほうに目をむける。

「波瑠くんに、めっちゃイライラしてたから。演技に乗せる感情は、ホンモノのほうがいいってことでしょ」

そのあと、吹奏楽部《すいそうがく》の練習が再開され、今日の撮影《さつえい》は終了《しゅうりょう》となった。

病室ふうに改造されたベッドまわりを片づけながら静かに深呼吸をし、思いきって星野さんに声をかけた。

「このあいだは、無神経なこと言ってごめん」

さんざん迷ったくせに、いざ口にできたのは、工夫《くふう》も何もない、シンプルな言葉だった。けど、演技とはいえ感情をはきだせたおかげかもしれない。今は頭も心もすごく冷静になっていて、これくらいの言葉がちょうどいいような気がした。

星野さんがかかえている事情は、おれにはよくわからない。それを自分から聞きだすのもためらわれる。

それでも、何も知らないのだと自覚すること。

勝手な考えをおしつけないこと。

これくらいならおれにもできるし、したいと思った。

そんなおれに、星野さんはまた唇《くちびる》を少しとがらせる。でも、その目はもう、にらむようなものではない。

「こっちも、ちょっとむきになりすぎたかも。ごめん」

すなおに謝りあったら、気恥《きは》ずかしい空気になってくる。おれは反応にこまり、星野さんは笑う。

「それにしても、波瑠くんもイライラするんだね。意外。クラスで、そういうイメージなかったもん」

「おれだってその、少しくらいは、キャラ作ってるし。星野さんだって――」

文句を言われる前に、自分で訂正《ていせい》した。

「凛子だって、キャラとかそういうの、作りまくり、だろ」

かぁっと顔の表面が熱くなって、最後はもごもごしてしまった。

やっぱり、女子を下の名前で呼ぶとか、慣れなすぎる。

けど、凛子はその丸い目をさらに丸くして笑顔になった。

「下の名前で呼べるんじゃん」

「それは星――凛子がしつこいから、やむなく」

「もしかして、名前で呼ぶだけで意識しちゃってる？」

「してない！　役作りに必要だからしょうがなくだし！」

「そーなんだ。波瑠くん、かわいーじゃん」

「かわいいのはコマちゃんだけで十分《じゅうぶん》だ」

凛子がクスクス笑い、おれはベッドの布団《ふとん》をたたみなおした。

にぎやかなおれたちを眺《なが》めていた浜中先生が、「映画、完成したらわたしにも観せてね」と言った。


映研の部室にもどり、今後のスケジュールなどを確認してその日は解散となった。帰り際に生徒会室に寄ると、幸田先輩《こうだせんぱい》や数人のメンバーがいて映研の様子を聞かれ、校則やぶりまくりのトラブルだらけなのはふせておいた。何か報告するにしても、撮影《さつえい》がおわってからでいいだろう。

六月も中旬《ちゅうじゅん》を過ぎ、映研にかかわるようになって二週間とちょっと。先の読めないドタバタした空気にも、すっかり慣れてきてしまっている。今日の撮影《さつえい》後には、最初のころの不安も忘れてすっきりした。口論のシーンではあったけど、気持ちを乗せて演技をするのがおもしろかったのもあるかもしれない。やってみて、はじめてわかることって多い。

そうして、日が暮れるころに帰宅した。

が、なぜか家の電気がついていない。母さんは派遣《はけん》社員で、いつもは午後五時くらいに帰宅する。買いものにでも行ってるんだろうか……。

リビングの電気をつけ、充電器《じゅうでんき》につないだまま家においていた自分のスマホを手にとると、なぜか父さんから山のような着信履歴《りれき》があった。たちまちいやな予感がし、そのとき、自宅の固定電話のランプも点滅《てんめつ》していることに気がついた。

留守番電話の新しい録音が一件。

『――波瑠、聞いてるか？　父さんだけど。その、落ちついて聞いてほしい』

その声はいかにもあわてていて、父さんのほうこそ落ちついていない。

『仕事帰りに、母さんが事故にあったんだ。交通事故。病院に運ばれたって。これを聞いたら、折りかえし電話を――』

きみが咲《さ》くまであと❹

13 ―― 病院の個室（昼）

はげしい雨が打ちつけている窓。
そんな窓のほうをぼうっと見ている澄花《すみか》。
蓮也《れんや》は本を読んでいる。
澄花はゆっくりと蓮也のほうを見る。

澄花　「（あきれた様子で）……毎日毎日、よく来るね」

蓮也は本から顔をあげる。

蓮也「帰ってほしいなら、そうするけど」

澄花「(イライラしながら) だったら、なんで来るの?」

うでに咲《さ》いた花をむしる澄花。

蓮也「それは……。(言葉をさがすような間のあと) なんにも、わからないから」

澄花「わからないって?」

蓮也「永井《ながい》さんの病気のことも、永井さんのことも」

澄花はむしった花を蓮也に投げつけるようにする。

澄花「蓮也くんに教えたって、なんにもならないじゃん」

蓮也「でも、知らないままは、いやなんだ」

澄花「わたしは教えたくなかった。わたしは……蓮也くんのことをなんにも知らない。蓮也くんって、自分のこと、あまり話さないでしょ? だから、友だちゴッコに都合がいいと思ったの。なんにも知らない人と、気楽にちょっと遊びたかった。それだけ」

蓮也「じゃあ、教える」

● REC

澄花「知りたくない」

蓮也「おれは……おれは、ゴッコじゃなくて」

蓮也は大きく息を吸い、しぼりだすように伝える。

蓮也「永井さんと、友だちになりたい」

病室のドアがひらく音。看護師の声が聞こえる。

看護師「永井さん、検査の時間ですよ」

澄花は声のほうにこたえる。

澄花「今行きます」

澄花は蓮也から顔をそむけて伝える。

澄花「もう帰って」

× × ×

ひとり病室に残される蓮也。

ベッドのそばにある棚《たな》にノートがおいてある。

蓮也は少し周囲を見わたし、そっとノートに手をのばす。

（ひらいたノートのページ）
《わたしが花になるまでに叶《かな》えたいこと》
1．パティスリー・ララのクッキーを制覇《せいは》する
2．『七色ラバーズ』のコミックのつづきを読む
3．……

14 ― 病院の個室（昼）

窓の外は晴れている。
病室のベッドで上体を起こしてすわっている澄花。
蓮也はその目の前に、紙袋《かみぶくろ》を差しだす。
紙袋《かみぶくろ》には、《Patisserie《パティスリー》 LaLa《ララ》》の文字。

澄花「……何これ」
蓮也「《パティスリー・ララ》のクッキー、全種類買ってきた」

澄花「うっそ、本当に？」

澄花は目をかがやかせて紙袋《かみぶくろ》のなかを確認し、すぐにハッとして蓮也を見る。

澄花「もしかして……ノート見た？」

蓮也がうなずくと、澄花は怒《おこ》ったように枕《まくら》を投げつける。

澄花「人のものを勝手に見るなんてサイテー」

蓮也は足もとに落ちた枕《まくら》を拾う。

蓮也「ごめん……でも、永井さんのこと、ちょっと知れた気がした。これなら、ぼくに手伝えることもあるのかもって」

澄花「手伝えなんて言ってない」

蓮也「でもぼくは、ゴッコじゃいやだから。できることがあるなら、手伝いたい」

見つめあう蓮也と澄花。

やがて、澄花が小さなため息をつく。

澄花「……しょうがないなぁ。やりたいこと、すっごくたくさんあるからね？」

蓮也「わかった」

澄花「あと、わたしのことは『澄花』って呼んで。友だちになるんでしょ？」

澄花は紙袋《かみぶくろ》からクッキーの小袋《こぶくろ》をとりだす。

澄花「蓮也くんも、一枚食べる？」

5

感情を表現する手段

母さんが運ばれたという病院までは、自宅近くから直通のバスが出ていた。なので、迎《むか》えに来るという父さんをことわって、おれはひとりでバスでむかった。

そうして病院に到着《とうちゃく》したころ、今度は事故にあった当事者のはずの母さんから、メッセージがとどいた。

《隆《りゅう》ちゃんから連絡《れんらく》あった。もう夜になっちゃうけど、お見舞《みま》いに来るの？》

面会時間がおわりそう、ということなんだろうか。というか、母さんが自分でメッセージを送ってくるって、どういう状況《じょうきょう》？

頭をはてなでいっぱいにしながら病院に到着《とうちゃく》し、母さんからのメッセージの指示にしたがって受付にむかい、指定された病室にたどりつけた。

「ごめんねー。大きなケガはなくて、かすり傷とねんざくらいなのに」

額《ひたい》に大きなガーゼを貼《は》ってはいるものの、母さんはケラケラ笑っていて、なんというか死にそうな感じはこれっぽっちもなかった。

たちまち気が抜《ぬ》けて、ひざが少し笑いかける。

「えっと……元気そうだね」

「元気元気」

おれは、ベッドのそばにあった丸いすに腰《こし》かけた。丸いすとベッド、という組みあわせに、今日の撮影《さつえい》のことを思い出す。

蓮也《れんや》もこんな感じで病院に来て、澄花《すみか》を見舞《みま》っているんだろうか。

大きな病院は、学校の保健室みたいに消毒液の匂《にお》いはしなかった。ベッドのそばには小さな棚《たな》とテレビ、そして枕《まくら》もとの上の壁《かべ》には複数のコンセントプラグがあり、たくさんのコードがのびている。映研が病室ふうに見立てた保健室のベッド、思っていたよりリアルだったのかも。

元気とは言いつつ、母さんはうでや手にも複数の絆創膏《ばんそうこう》を貼《は》っていた。ブレーキとアクセルをふみまちがえ暴走した車をよけたときに転び、たおれたのだそう。そう考えると、明るく見えるのも、から元気もあるのかもしれない。怖《こわ》い思いをしたんだろうし。

「父さんは？」

留守番電話だけでなく、折りかえした電話でも父さんは終始落ちつかない様子だった。そんな父さんの様子にかえって冷静になってしまい、迎《むか》えをことわってひとりバスに乗ったのだ。あんな調子じゃ、父さんこそ車の事故を起こしかねないと不安になった。

「職場から直接来るって連絡《れんらく》があったんだけど」

家からバスで来たおれのほうが、どうやら早くついたらしい。

「波瑠《はる》、おなかすいてない？　学校から帰ってすぐ来たの？」

「まぁ、ぼちぼち。帰ったらすぐに連絡《れんらく》があったから」

「最近、ちょっと帰りおそいけど、生徒会がいそがしいの？」

「あー……」

映画に出ることになった、と話すのはなんだか気がひけた。

「生徒会じゃ、ないんだけど。よその部活の手伝い？　みたいなので」

「そう。隆ちゃんが来たら、ふたりでどこかで夕飯食べて帰りなさいよ」

「わかった。……あのさ、前から思ってたんだけど」

「何？」

「四十過ぎて『ちゃん』づけで呼びあうのって、恥《は》ずかしくない？」

「年とるとね、恥《は》ずかしいとかそういうの、どんどんどーでもよくなってくるの。うらやましいでしょ？」

そんな会話をしていたときだった。

「——よっちゃん！」

病室に父さんがあらわれた。額《ひたい》に汗《あせ》をかいていて、髪《かみ》も乱《みだ》れている。

「あ、来た来た。おそかったね」

「ケガは？　痛いところは？」

かすり傷とねんざくらいだけど念のためひと晩検査入院をする、とおれにしたのと同じ説明を母さんはくりかえした。

「おおむね元気だから、大丈夫《だいじょうぶ》だよ」

母さんは、青い顔をした父さんを元気づけるように笑う。

「心配させちゃってごめんねー」

父さんもおれと同じようにホッとして、気がぬけた顔をするだろうと思ってた。

なのに。

思いがけず、その表情がゆがむ。

「本当に、よかった。……ごめん、おれ、ちょっと」

そして、顔をうつむかせたまま、来たばかりだというのに、病室を駆《か》けでていってしまった。

予想外の反応になんだかポカンとしてしまい、母さんと顔を見あわせる。

「何あれ」

心配なら、病室にいればいいのに。

けど、母さんは「昔からああなんだよねー」なんて苦笑する。

「ああって?」

「きっと、ホッとしすぎて、泣きそうになったんでしょ」

「あの父さんが？」

父さんが泣くところを、これまで一度だって見たことがなかった。男には涙《なみだ》は似あわない、みたいなのが父さんだったので当然だ。

「人前で泣きたくないんでしょ。初デートのときも、映画がおわるなりトイレに行っちゃってさ。わかりやすすぎ。べつにいいのにねー」

けど、その言葉に、おれは笑ってかえしたり、ましてや同調したりはできなかった。

男が人前で泣いたっていい、なんて思えていたら、芸術鑑賞会《かんしょうかい》のあとに真《しん》にあんなこと──〝昭和みたいなこと〟を言ってない。

父さんのことを、母さんみたいには笑えない。

おれが複雑な思いでいると、母さんがポツリと口にした。

「お義父《とう》さん──波瑠のおじいちゃんが、きびしい人だったんだよね。そのせいもあるのかな」

病室を出て近くの休憩《きゅうけい》スペースなどものぞいたけど、父さんの姿はなかった。

病院内を少し見てまわり、ふと思いたって駐車場《ちゅうしゃじょう》をさがすと見おぼえのあるうちの車があり、運転席には父さんの姿があった。

窓をノックすると、ハンドルにつっぷすようにしていた父さんが顔をあげた。車のなかは暗くてよく見えなかったけど、その目は心なしか赤い。運転席の窓があいたので、おれは手を前に出した。

「五百円玉ちょうだい」

もらった五百円玉をにぎりしめて一度病院の建物にもどり、すぐに車にひきかえして後部座席のドアを自分であけた。

「これ」

父さんにあたたかい缶《かん》コーヒーとおつりをわたし、おれは自分用に買ったペットボトルのソーダのふたをあけた。プシュッと小さな音がする。

「ありがとな。……まぁ、お金出したの、おれなんだけど。ところで、なんでおれはホットなの?」

外はそれなりに蒸していいるし、車内も冷房《れいぼう》がないとしんどい気温だ。

「年をとったら、体は冷やさないほうがいいって母さんが言ってた」

というのと、落ちこんだときはあたたかいものを飲むとホッとする、と言っていたのを思い出したのもある。

「よっちゃんが言ってたなら、しょうがないかー」

父さんは「熱い」とかぶつぶつ言いつつ、プルタブをひっぱった。

「……なんか、情けないところ見せて、ごめんな」

父さんは近くにあったティッシュペーパーを片手でひきぬいて、ぐずっと鼻をかむ。こんな父さんはあまり見たくなかったような気もするし、見られてよかったような気もする。父さんという人間の感情的な部分に、はじめてふれた気がする。

子どものおれから見ると、親って大人だし保護者だし、なんというかそれだけで完ぺきな存在みたいに思えてた。でも、今目の前にいるのは、父親である以前に、豊川隆一《とよかわりゅういち》っていうひとりの人間なんだと急に実感できた。

かっこ悪いからって泣くのをがまんして、情けないところを見せたと謝ってくる。見栄も情けないところもある、おれと同じ人間だった。

「べつに、謝るようなことじゃ、ないというか」

微妙《びみょう》に気まずい空気が流れる。それは多分、おれ以上に父さんが気まずいと感じているからだ。その気持ちはすごくよくわかる、けど。

このあいだ読んだ本に、泣くことは感情を表現する手段だというようなことが書かれていたのを思い出す。笑ったり怒《おこ》ったりするのと同じだと。

それを、男だからってがまんする必要が、どうしてあるんだろう。

自分のなかに確固たる美学があって、それにしたがっているのならいいのかもしれない。

でも少なくとも、おれはそうじゃなかった。

なのにがまんするのはなぜ？　かっこ悪いから？　情けない感じがするから？

それって、そもそもどうして？

おれも、以前は父さんと同じように考えていた。そう言われていたし、そういうものだと思っていたから。でも、よくよく考えると、それがなぜなのかはさっぱりわからない。

「……それくらい、いいんじゃないの？　泣くことくらい、だれにでもあるし」

そう、だれにでもあることだ。それこそ、人間なんだし。

なのにおれは、父さんは、それをずっと気にしていた。なんとなく情けないとか、かっこ悪いとか、どうしてそうなのか聞かれたらうまくこたえられないような理由のせいで。

こんなふうに、よくわからないけど思いこまされていることって、世の中にはいっぱいあるような気がした。男だからスポーツができたほうがいいとか、そういうのも同じかも。

そういういろいろって、だれが決めたんだろう。

そんなルール、どこにもないのに。

「それだけ母さんのこと心配してて、ホッとしたってことなんだし」

たがいに「ちゃん」づけで呼びあってるし、両親の仲がいいことはわかっていた。それでも、大げさなくらい、それこそ泣くくらい心配して駆《か》けつけた父さんの姿は、子どもとしては決して悪いものじゃなかった。それだけ相手を大事に思ってるってことがわかって、なんだか安心もした。

少なくともうちでは、嘘泣《うそな》きして親のケンカをとめるような必要は一度もなかった。こんなふうに考えたことなんてこれまで一度もなかったけど、きっとそれって幸せなことだ。

そう思ったら、あらためてえらそうなことを凛子《りこ》に言ってしまったと反省した。なんにも知らないおれが、あんなふうに凛子の嘘泣《うそな》きを非難なんてすべきじゃなかった。

……それでも。

あんなふうに嘘泣《うそな》きを重ねて、凛子は平気なのだろうか。

またぐずっという音がして、手もとのペットボトルから目をあげた。父さんが再び鼻をかんで、そして苦笑する。

「波瑠は、大人だよなぁ。おれにはないものばかりっていうかさ」

突然《とつぜん》のそんな言葉に、ちょっと動揺《どうよう》してしまう。

「おれなんて、べつに――」

「波瑠はさ、本をたくさん読んでるからか、言葉を知ってる感じがする。生徒会とかで、人をまとめる仕事もしてるしさ。そういうの、おれは昔から苦手なんだ。母さんに似たのかなぁ」

その言葉に、おれに気をつかった感じや、お世辞はふくまれていないように感じられた。

いや、そもそも。

父さんはいつだって、おれに本音を言っていたのかもしれない。

それを、卑屈《ひくつ》に考えていただけ。

だから、おれもついポロリと口にした。

「……おれ、運動神経、悪いけど」

「母さんも、運動神経、あまりよくないもんなー」

父さんは、かははと笑う。

「波瑠には波瑠の得意なものがあるんだから、それでいいんじゃないか？」

そして、ふたをあけたままになっていた缶《かん》コーヒーにようやく口をつけ、「熱っ」ともらした。

……ずっと、父さんのように運動ができないことがコンプレックスだった。

だからせめて、キャラを作ってきらわれないよう、できることは全力でやろうと、中途《ちゅうと》半端《はんぱ》にならないようにと心がけてきた。

そういうのも、むだじゃなかったんだろうか。

その後は、父さんが缶《かん》コーヒーを飲みほすのを待って、母さんの病室にもどることにした。見舞《みま》いに来たのに車のなかにいてばかりじゃ、意味がわからないし。

外来診療《しんりょう》のおわった病院のエントランスはがらんとしていた。からっぽのエレベータにふたりで乗りこむと、父さんはふいに不安そうな顔になる。

「よっちゃん、怒《おこ》ってないかな」

「なんでだよ。むしろ、あんなふうにいなくなって、心配してんじゃない？」

「そうかな。ケガ、本当にたいしたことなさそうだった？」

「本人に聞きなよ」

父さんはたちまちそわそわしはじめる。人前で泣くのは恥《は》ずかしいと思っているくせに、こういうのは恥《は》ずかしいと思わないのが不思議だ。

そんな父さんに、おれはふいに聞いてみたくなった。

「クラスメイトの家がさ、親がケンカばかりなんだって。なんか、夫婦円満のひけつみたいなのってあるの？」

父さんのことだから、ヒケツのひとつやふたつ、ポンポンとこたえてくれるだろうと予想していた。

けど、「どうだろう」となんだか神妙《しんみょう》な面持ちになってしまう。

「家族とか夫婦って、気持ちだけじゃどうにもならないこともあるし。いっしょにいるとだめになる関係っていうのも、あるからさ」

ポン、と明るい音がして、エレベータボックスが指定した階に到着《とうちゃく》した。


母さんのケガで家がバタバタしていたこともあり、その日、おれは数日ぶりに映研の撮影《さつえい》に参加した。

うちの学校では、七月の頭に期末テストがあり、テスト前の一週間、六月の下旬《げじゅん》にはすべての部活動が活動停止になる。さすがの映研もその時期には撮影《さつえい》を中断するとのことで、その日がテスト前最後の撮影《さつえい》となった。

例のごとく保健室に行き、窓際のベッドを撮影《さつえい》に使わせてもらう。保健室には保健委員の生徒もいて、おもしろがって浜中《はまなか》先生といっしょに見学している。外部の人に見られていると演技をしにくい、とは思えど撮影《さつえい》日は残り少なく、気にしないようにしておれは脚《きゃく》本《ほん》を読みなおした。最近は家でスマホで撮影《さつえい》しながら自分の演技を見たりもしていて、恥《は》ずかしいという感覚はかなりマヒしてきた。脚本《きゃくほん》は書きこみだらけになっている。

物語は進み、蓮也は澄花が花咲病《はなさきびょう》にかかっていて余命宣告されていること、そして澄花が《わたしが花になるまでに叶《かな》えたいこと》リストをノートに書いていることを知る。

澄花の願いを叶《かな》えるため、蓮也は奔走《ほんそう》する。澄花が食べたがっていたおかしを買ったり、読みたがっていた漫画《まんが》を用意したり、いっしょにゲームをしたり……。

セリフがないシーンがつづいたので、野球部のバットの音や吹奏楽《すいそうがく》部の合奏の音があっても撮影《さつえい》が進んだ。ゲームの音などはあとで編集時に入れるらしい。

それから、石黒先輩《いしぐろせんぱい》は小さな青い花を貼《は》りつけた凛子のうでのアップを撮《と》った。カメラのレンズには、花びらと同じような色の青いセロファンが貼《は》ってある。セロファンごしに撮影《さつえい》することで、映像全体が青っぽい色味になるらしい。

石黒先輩《せんぱい》は青い花が出てくるシーンにときどきこのセロファンを使い、映像の色味をわざと変えていた。編集時にフィルターを設定して似たような効果をつけることもできるらしいが、石黒先輩《せんぱい》はこういうアナログな方法が好きなのだそう。撮影《さつえい》機材についてはわからないことだらけだけど、いろんな工夫《くふう》ができるんだなと感心する。

そして、今日もコマちゃんが吹奏楽部《すいそうがくぶ》に交渉《こうしょう》に行き、合奏練習の合間をねらって大事なシーンを撮影《さつえい》することになった。

澄花は幼いころに両親が離婚《りこん》していて、父親と再婚《さいこん》相手の育ての母親と暮らしている。両親との仲は良好。けど、叶《かな》えたいことリストには、産みの母親に会うこともふくまれていた。

澄花の両親から産みの母親の住所を聞き、蓮也は様子を見に行ってみる。産みの母親も今は再婚《さいこん》していて、幼い子どもがいるようだとわかる（なお、ワンシーンだけ登場する産みの母親役とその子どもの役は、石黒先輩《せんぱい》のお母さんと妹がやるらしい）。

そして、こっそり撮《と》った写真を蓮也は澄花に見せる。

「**写真、撮《と》ってきた**」

蓮也がスマホを見せると、澄花はスマホを顔に近づけた。そのうでには小さな青い花がポツポツと咲《さ》いていて、おれの目はついそちらに行ってしまい、視界のすみで石黒先輩《せんぱい》が手ぶりで合図をしていることに気づいてハッとする。次のセリフ。

「**お母さんに、お見舞《みま》いに来てもらおうよ**」

けど、澄花は「**いい**」とこたえる。

「**でも**」

「**もういいから！**」

澄花が声をあらげて蓮也をさえぎる。

「**もう十分《じゅうぶん》、満足した**」

「**本当に……？**」

「**写真見て、すっきりした。会わないでいい。今のお母さんたちを大事にするほうが大切だって、やっと思えた**」

なんとなく、澄花の——凛子の演技に違和感《いわかん》をおぼえた。

もちろん、凛子はおれよりずっとずっと演技が上手《じょうず》で、今だってすごく苦しげな表情で、しぼりだすように声を出している。

なのに、なんでだろう。

なんとなく、ぎこちない。

澄花は笑顔を作り、スマホを蓮也にかえす。

そしていよいよ、凛子が大得意な嘘泣《うそな》きの出番。

「限られた時間をどう使うかは、大事だから」

そんなセリフのあと、はらりと澄花が泣いて、蓮也がそっと澄花の手をとる――という のが脚本《きゃくほん》の流れだった。

泣くと化粧《けしょう》がくずれるとのことで、リハーサルは最後の涙《なみだ》なしで通した。そのとき凛子は、『本番ではばっちり泣くから』と余裕《よゆう》の笑みだったのに。

思わず凛子の顔を見つめてしまう。

目もうるんでないし、これっぽっちも泣いてない。

凛子は、自分でもわけがわからないというような、困惑《こんわく》したような表情をしていた。ここで泣かないのであれば、なぐさめるように蓮也がその手をとるのは不自然になってしまう。

たがいに困惑《こんわく》してかたまっていたら、石黒先輩《せんぱい》の「カット!」の声が飛んできた。

最後のカットだけ撮《と》りなおしたものの、凛子はやっぱり泣けないまま、また吹奏楽部《すいそうがく》の合奏が再開してしまった。

「……ごめん、わたし、ちょっと気分転換《てんかん》してくる」

パジャマの上にうすいカーディガンをはおり、凛子は保健室を出ていく。

石黒先輩《せんぱい》と渡部《わたなべ》さんは、タブレットで撮《と》ったばかりの映像を確認し、むずかしい顔になった。そしてコマちゃんはというと、立ちつくしているおれを指先でつんとする。

「凛子先輩《せんぱい》の話、聞くくらいしてくれれば？」

「おれが？」

「相手役じゃないっすか、一応」

気がつけば、石黒先輩《せんぱい》と渡部さんにも目をむけられていた。了解《りょうかい》しました、というつもりで小さくうなずき、保健室を出る。

廊下《ろうか》に出ると、凛子の姿はすでになかった。ただ、あのパジャマ姿で校内をうろつくことはしないんじゃないかと思い、廊下《ろうか》のつきあたり、非常階段をのぞいてみる。

ビンゴ。

凛子は階段のいちばん下の段に、ひざをかかえてすわっていた。その表情は、見るからに元気がない。

凛子はおれに気がつくと、静かにため息をついた。

「……わたしのこと、なぐさめてこいとか言われたんでしょ」

そのとおりだけど、すなおに認めるのはいまいちな気がして、こたえにこまる。微妙《びみょう》な空気をごまかすように、おれは明るい口調で聞いてみた。

「嘘泣《うそな》き、得意だったんじゃないの？」

凛子はじと目になっただけでこたえず、「そういえば」と話題を変える。

「お母さんのケガ、大丈夫《だいじょうぶ》なの？」

映研のメンバーには、母さんが事故にあって検査入院をしたと事情を話してあった。

「うん。検査もして、異常もなかったって。ただ、手首を軽くねんざしたから、家事はやらないようにしてもらってて。おれと父親で分担してる」

そのおかげで、父さんは洗濯機《せんたくき》もろくに使えないということが判明した。料理ができないことは前からわかっていたけど、洗濯《せんたく》もできないとは思ってもみなかった。

家庭科の授業で、男女関係なく家事ができないと将来こまる、というようなことを先生に言われたのが実感できた。あわあわしながら洗濯機《せんたくき》の説明書を読んでいる父さんを反面教師に、いろいろできるようになっておきたいと強く思った。

「そうなんだ。大ケガじゃなくて、よかったね」

凛子はそう言うと、黙《だま》ってまた物思いにふけるような顔になってしまう。

何かあったんだろうか。たとえば……家のこととか？

けど、直球で聞くのはためらわれる。おれは悩《なや》んだすえ、わざと明るく「らしくないじゃん」と伝えた。

「そんなんじゃ、こっちも調子が──」

「『らしい』って何？」

顔をあげた凛子は、怒《おこ》っても、いらだってもいなかった。

さっき、演技がとまってしまったときと同じ。ひたすらに困惑《こんわく》したような表情で、その目を不安げにゆらしている。

「いつでも嘘泣《うそな》きができてこびてて、ふてぶてしいとかそういうこと？」

「そ、そこまで言ってないし」

「じゃあ何？　波瑠くんが思う、『わたしらしい』ってどんなの？」

そのときになって、ようやく気がついた。

凛子は、何かに困惑《こんわく》してるんじゃない。

ただただ何かに傷ついて、あふれそうなものをこらえていた。

● REC

きみが咲《さ》くまであと❺

15
―住宅街の一角（昼）

くもり空。アスファルトの地面にたまった水たまり。

16
―病院の個室（昼）

大量に積まれた漫画《まんが》本。
黙々《もくもく》と漫画《まんが》を読む私服姿の蓮也《れんや》と澄花《すみか》。

澄花のうでには青い花が咲《さ》いている。

17―病院の個室(昼)

テレビゲームをする蓮也と澄花。

澄花はゲームの合間にうでの花をむしり、そばの棚《たな》に花びらをおく。棚《たな》の上は、むしった花びらでいっぱいになっている。

18―自然公園(昼)

自然でいっぱいの森のなかのウォーキングコース。
自撮《じど》り棒でスマホを持ちながら歩いていく蓮也。ラフなT《ティー》シャツとパンツ姿。
スマホには澄花の顔が映っている。
澄花「カメラ、ぐるっとその場で一周させて」

蓮也は額《ひたい》の汗《あせ》をぬぐい、自撮《じど》り棒を動かして澄花に景色を見せるようにする。

19 ― 病院の個室（昼）（回想）

ベッドにすわった澄花。そばのいすにすわった蓮也。
澄花はノートを持ったまま蓮也に話しかける。

澄花「昔、お母さんとピクニックをしたことがある、思い出の公園なんだ」

蓮也「だったら、親に頼《たの》んだほうがいいんじゃない？」

澄花は首を横にふる。

澄花「今のお母さん、お父さんの再婚《さいこん》相手だから。産んでくれたお母さんは、べつにいるんだ」

蓮也は澄花のノートを受けとり、ページをひらく。
ひらいたノートのページには『25．産みの親に会う』と書かれている。

……

23 ― 蓮也の家（夜）

玄関《げんかん》のカギがあけられ、ドアがひらく音。
制服姿の蓮也がリビングの電気をつける。だれもいない。
食卓《しょくたく》にある書きおきを見て、リビングから去る。
階段をのぼる足音だけがひびく。

24 ― 住宅街（昼）

蓮也はとある一軒家《けんや》の前に立っている。

スマホの地図アプリを見て、まちがいないと確認するようにうなずき、スマホを操作する。

● REC

スマホの画面に映る澄花。

澄花「どうしたの？」

蓮也「今、澄花の産みのお母さんの家の前にいるんだ。澄花のおばさんが、住所、教えてくれて」

目を丸くする澄花。

蓮也「どうする？　澄花のことを話して、お見舞《みま》いに来てもらえるように頼《たの》む？」

澄花「でも……」

×　×　×

家の外観。

母親らしき女性と、幼稚園児《ようちえんじ》くらいの女の子がいっしょに家から出てくる。

蓮也はふたりのあとをついていく。

25　病院の個室（昼）

澄花のベッドに近づく蓮也。
蓮也は澄花にスマホの画面を見せる。

蓮也「写真、撮《と》ってきた」
澄花はスマホを受けとり、食いいるように画面を見る。澄花のうでには、青い花が点々《てんてん》と咲《さ》いている。

蓮也「お母さんに、お見舞《みま》いに来てもらおうよ」
少しの間のあと、澄花ははっきりとこたえる。

澄花「いい」

蓮也「でも」

澄花「（声をあららげて）もういいから！（気持ちを落ちつけて）……もう十分《じゅうぶん》。満足した」

蓮也「本当に……？」

● REC

澄花「写真見て、すっきりした。会わないでいい。今のお母さんたちを大事にするほうが大切だって、やっと思えた」

澄花は笑顔を作って蓮也にスマホをかえす。

澄花「限られた時間をどう使うかは、大事だから」

澄花の目から涙《なみだ》がこぼれ、蓮也は澄花の手をにぎる。

6

嘘《うそ》ってつかれない？

「はよー」

背後からあいさつされ、ふりかえるとこちらに駆《か》けてきたのは真《しん》だった。

「おはよう。この時間に会うの、めずらしいな」

演劇部では部としての正式な朝練はないが、真は早めに学校に行って自主練していることがよくあった。

「テスト前だからね」

週が明け、テスト前の部活動停止期間になった。演劇部だけでなく、映研の撮影《さつえい》ももちろん一時中断だ。

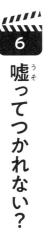

往来する車の多い大通り沿いをならんで歩いていると、真は「そういえば」と思い出したように話しだした。

「おばさん、ケガの具合はどう？　うちの親も心配してでさ。家に見舞《みま》いに行こうか迷ってるみたい」

うちの母さんと真の母親は仲がいい。ケガのことを知って、少し前にも心配の電話がかかってきていた。

「大事をとって今週いっぱいは仕事も休むから、かえってひまだって言ってた。お見舞《みま》い、よろこぶと思う」

「じゃ、伝えとく。検査入院だけでよかったね」

そうして学校につくと、昇降口《しょうこうぐち》の入口でコマちゃんと会った。ほんの数日会っていないだけなのに、なんだかひさしぶりな感じがする。

「どーも」なんてコマちゃんはあいかわらずの感じであいさつしてきた。コマちゃんの顔を見て何かを察したらしい真は、「先に行ってる」とそそくさと下駄箱《げたばこ》にむかう。

ふたりになると、コマちゃんは少し声をひそめて聞いてきた。

「凛子先輩《りこせんぱい》、あのあと元気になりました？」

先週の撮影《さつえい》では、結局、凛子は泣けないままだった。

目薬を使い、涙《なみだ》を流すカットだけ別撮《べつど》りもしたけど、石黒先輩《いしぐろせんぱい》も凛子本人も納得はしていないようだった。時間があればもう一度撮《と》るという話にはなったものの、撮影《さつえい》スケジュールはかなりおしている。期末テストがおわったらまだ撮影《さつえい》できていない学外のシーンを中心に一気に撮《と》る予定になっていて、撮《と》りなおしができるかどうかは不透明《ふとうめい》だ。

そんな状況《じょうきょう》もあってか、凛子はあからさまに落ちこんでいた。気になって、翌日には教室でおれから声をかけてみた。フォローするつもりが言葉をまちがえた自覚はあったので、『らしくない』とか言ったことを謝りもした。けど、凛子は『気にしてない』と言うばかりで、暗い顔をしてため息をつく。

「あんまり元気ではなさそう」

おまけに、気にかけているおれを、あからさまにさけているような雰囲気《ふんいき》まである。今週になってからは、軽くあいさつをしただけで一度も話をしていない。

前にもケンカみたいな状態になったことはあったけど、そのときとはまたべつの、重たくいやな感じの空気がただよっている。

「何かあったんですかねー」

「コマちゃんからも、聞いてみてくれない?」

「ぼく、個人的な話をするほど凛子先輩《せんぱい》と仲よくないですし」

「おれだってそうだよ」

「後輩《こうはい》にめんどうおしつけないでください」

ふだんこれでもかと石黒先輩《せんぱい》にめんどうをおしつけられているくせに、コマちゃんはしれっとそんなことを言って去っていった。

教室につくと、凛子は廊下《ろうか》に近い自席で理科か何かの問題集を解いていた。静かに深呼吸して、「おはよう」とあいさつしてみる。

「……あ、おはよう」

凛子は、さもなんでもないという顔でこちらを見、そして問題集にふたたび目を落とした。

その日の放課後は塾《じゅく》がない日だったこともあり、東校舎の図書室で自習をしていくことにした。自習スペースは放課後になって三十分もたたずにいっぱいになり、閲覧席《えつらんせき》の六人がけの大きなテーブルもテスト勉強をする生徒でうまっていく。テスト前特有のピリついた空気がただよい、カリカリとエンピツの音ばかりがひびく。

そんななかで英語の問題を解いていたところ、電子辞書の電池が切れた。けど、ここは幸いにも図書室。席を立ち、辞書の棚《たな》を見ていると。

凛子の姿が視界に入った。

六人がけのテーブルで勉強をしていたらしい凛子が、男子生徒に声をかけられ、席を立ったところだった。すらりと背が高いその男子がだれかはすぐにわかる。

元映研会員で、べつの男子と凛子をとりあっていたといううわさの乃木坂《のぎざか》。

ふたりはひと言ふた言会話を交わし、つれだって図書室を去っていく。本棚《ほんだな》の陰《かげ》にいたおれの前を通りすぎていく横顔が見え、たちまちいやな感じがし、手にしていた和英辞典を棚《たな》にもどした。乃木坂はいかにもいらだった雰囲気《ふんいき》で、一方の凛子はあまり明るくない表情だ。

ふたりのあとを追うように図書室を出る。廊下《ろうか》はがらんとしていて人の気配はなかった。けど、すぐに声が聞こえてくる。廊下《ろうか》を進み、渡《わた》り廊下《ろうか》のほうをのぞいた。

「……そんなこと言われても」

凛子と乃木坂はむかいあって立っていて、おれの位置からは乃木坂の表情は見えなかった。凛子が今にもため息をもらしそうな口調でそんなふうに言い、けど乃木坂は食いさがるようにそれにかえす。

「でもおれ、やっぱり、凛子のこと好きだし」

乃木坂が凛子に告白した。こんな場所で、よく告白なんかできるなとある意味感心してしまう。

正直なところ、他人の告白シーンなんてこれっぽっちも見たくなかった。静かに立ちさるべきか迷ったが、つづけられた乃木坂の言葉はおれのところまでとどく。

「今さらだけど……あんな、よくわかんない根暗そうなやつがおれの代わりとか、やっぱり納得いかないし」

代わり。根暗そうなやつ。

「そもそも、蓮也《れんや》の役は、乃木坂くんに決まってたわけじゃないでしょ」

「正式には、そうだけどさ。ほとんど決まってたようなもんじゃん」

「決まってないし、決まる前に映研やめることにしたのは、ふたりじゃん」

少し話が見えてきた。

凜子のとりあいをして映研の男子ふたりがやめた、といううわさは聞いていたけど。そのふたりは、蓮也の役をとりあっていたのか。

決着はつかず、おそらく凜子にもふられてふたりはそろって退場した。そこに、〝根暗そう〟なおれが横から入ってきた、ということらしい。

いろんな意味で最悪だ。

凜子はまた嘘泣《うそな》きでもしてやりすごすんだろうか……と遠い目になったけど、そうだった。

凜子は今、嘘泣《うそな》きができないんじゃないか？

「あんなふうにやめたら、凜子がひきとめてくれるかと思ったんだよ」

「わたし、去る者は追わずだし」

「おれは、まだ凛子のこと好きだからさ」

「自分から放りだしたくせに、文句ばかりならべて、それで『好き』とか何? さすがにウケるんだけど。そんなんで、わたしに好かれると本気で思ってんの?」

嘘泣《うそな》きどころか、凛子は挑発《ちょうはつ》するような口調でまくしたてる。滑舌《かつぜつ》のよさが完全に悪い方向に働いている。

その表情は見えなかったものの、乃木坂が肩《かた》をピクリとさせたのはわかった。たちまち険悪な空気が流れ、凛子も言いすぎたと思ったのか、たじろぐように一歩さがる。

……あーもう!

黙《だま》って見ていられず、おれは廊下《ろうか》の陰《かげ》から飛びだした。

「ふたりとも、ちょっと落ちついたらどうかな……?」

パッとこちらをふりかえった乃木坂は、「あ?」と赤い顔でにらみつけてくる。そして凛子はというと、「あ、波瑠《はる》くん」なんて間のぬけた声をあげる。

「何やってんの?」

そんな凛子に、乃木坂がつばをまきちらす勢いで話した。

「なんでこいつのこと、下の名前で呼んでるんだよ。もしかして、つきあってんの？」

凛子は乃木坂からおれに目を移し、おれの目をまじまじと見つめると。

カメラがまわったときのように、にこりとした。

「波瑠くん、そのあたりどんな感じ？」

赤かった乃木坂の顔が赤黒くなった。

乃木坂がこちらに足をふみだした、直後、おれはそのわきをぬけ、凛子と乃木坂のあいだに割って入った。

「つきあってません！」

そうこたえ、凛子のうでをつかんで走りだす。

待てとかなんとか乃木坂が言っているような気がしたけど、こたえず全力で逃《に》げた。

ふたりで渡《わた》り廊下《ろうか》をぬけて西校舎へ行き、階段をおりて二階に移動し、三年生の教室の前を通過した。途中《とちゅう》で演劇部の女子たちとすれちがい、生徒会長の幸田先輩《こうだせんぱい》にも声をかけられたけど、無視して足を動かしつづけた。あとでからかわれたりするかもしれない、と内心げんなりしつつも、走って走って廊下《ろうか》の奥《おく》の非常扉《ひじょうとびら》をおしあける。

視界の先に広がった空は、真っ青だった。

まぶしい太陽に、夏だ、と思った瞬間《しゅんかん》、全身から汗《あせ》がふきだした。凛子も肩《かた》で息をしていて、「あー、つかれた！」と声をあげる。

「廊下《ろうか》、あんなふうに走るの、映画のワンシーンみたいだったね。波瑠くん、思ってたより、足速いじゃん」

緊張感《きんちょう》のない口調でそんなことを言われ、彼女《かのじょ》のうでからあわてて手をはなした。

「どうせ、おれは運動神経の悪い根暗だし……！」

「根暗ではないんじゃない？　まじめすぎて逆におもしろいこともあるし」

フォローされているのかけなされているのかわからず、げんなりした目をむけると笑われた。

「でも、ちょっと助かっちゃった。乃木坂くん、しつこかったから」

そして、凛子は話しだす。

おれが映研に入る前に乃木坂のことは一度ちゃんとふったものの、その後もちょくちょくメッセージなどが送られてきていたらしい。

「無視してたのに、『話がしたい』とか言われて、さっきみたいになっちゃってさ。波瑠くんが来てくれて助かったよ」

「ありがと」なんてしおらしくお礼を言われ、なんだか動揺《どうよう》してしまう。らしくない、とすぐに思ったものの、それを口に出すとまた凛子の地雷《じらい》をふんでしまいそうでのみこむ。

とはいえ、何も言わずにもいられない。

「あのさ、ホント、大丈夫《だいじょうぶ》?」

きょとんとしたように目をパチパチとさせる凛子に、おれは言葉をつづけた。

「わざわざ挑発《ちょうはつ》して、乃木坂のこと怒《おこ》らせてたよね。そういうこと、凛子はしなそうに思ってたから……」

「なんか、無性に腹立っちゃって」

「ああいうの、今まではうまくあしらってたんだろ。それこそ、嘘泣《うそな》きとかしてさ」

凛子は肩《かた》をすくめ、非常階段に腰《こし》かける。そして、手足をのばしてのびをすると、そのままひざをかかえて動かなくなった。

泣いているのかと思ったけど、凛子は顔をふせてじっとしているだけだった。少しスペースをあけて、そんな凛子のとなりにすわる。

梅雨明けはまだだったけど、空気はもうすっかり夏だ。おれが額《ひたい》に浮《う》いた汗《あせ》をハンカチでぬぐっていると、凛子はやがて口をひらいた。

「わたし、もう泣けないかも」

おれが反応できずにいると、凛子はふせていた顔を目もとだけあげ、おれから顔をそむけるように非常階段の手すりをまっすぐに見つめながら、ポツポツと話していく。

「泣いても意味ないし。……なんて、波瑠くんの言ってたとおりすぎて　むかつくけど」

「ごめんなさい」

「波瑠くんって、謝るの早すぎじゃない?」

またしても「ごめん」と言いかけ、のみこんだら凛子は少し笑った。

「先週からお父さん、家にいなくてさ」

「いないっていうのは、どういう……?」

「家を出てったの。別居。わたしにナイショで、別居の準備、進めてたらしくてさ。アパート借りて出てったの。嘘泣《うそな》きするひまもなかった」

そして、凛子はふたたび顔をふせてしまう。

なんとなく、こんな事情じゃないかと予想はしていた。凛子が嘘泣《うそな》きができなくなる理由なんて、親のことくらいしか思いあたらない。でも、凛子の気持ちを考えたら、その予想はあたってほしくなかった。

凛子はひざをかかえたまま、足首を動かしてパタパタさせる。

「映画、どうしよう……」

「そのことなんだけど」

顔をあげた凛子に、おれは提案した。

「じつは今日、昼休みに、石黒先輩《せんぱい》に相談しに行ってたんだ。本当は、明日《あした》にでも話そうと思ってたんだけど」

「何？　なんの話？」

「泣けないなら、泣かなくてもいいんじゃないかな」

予想もしていなかったんだろう。凛子は「へ？」と声をもらしたままかたまってしまう。

「脚本《きゃくほん》の後半、何箇所《なんかしょ》か澄花《すみか》が泣くシーンがあるだろ。凛子が泣けないなら、脚本《きゃくほん》を修正するのもありなんじゃないかって」

「なんで、勝手にそんな……」

「ごめん。でも、泣きたくないなら、むりしなくてもいいんじゃないかと思ったんだ。泣かなくても、凛子はおれよりずっと演技は上手《じょうず》だし。もし脚本《きゃくほん》を変えるのがいやなら、このあいだみたいに、目薬を使うのもありかもしれないけど」

「いや、意味わかんないし」

凛子はその目を大きく見ひらいて立ちあがると、階段に片足だけ乗せておれをにらむように見おろした。

「わたし、映研の看板女優なんだけど?」

「凛子の演技がすごいのは認めてるって。家もいろいろ大変なんだし、今はむりしなくてもって話で」

「嘘泣《うそな》きくらいできる」

「でも――」

「嘘泣《うそな》きもできるし、脚本《きゃくほん》の変更《へんこう》も必要ない」

凛子の目は燃えていた。

「泣けるし。――わたし、ちょっと弱気になってたみたい。そういうキャラじゃなかったわ。こんなの、全然らしくなかったよね」

凛子にむりをさせたくなかっただけなのに、変な方向に火をつけてしまったようだ。

やる気になったなら結果オーライなんだろうか、いやでも……なんて考えていたら、凛子はそのままの口調で宣言した。

「泣いてわめいて、お父さんのこと、つれもどす」


図書室に荷物をとりにもどると言い、ずんずんと歩いていく凛子をおれはあわてて追いかけた。

「本当に、お父さんに会いに行くの？」

「もちろん。嘘泣《うそな》きでもなんでもしてやる」

幸いにも、渡《わた》り廊下《ろうか》にも図書室にも乃木坂の姿はもうなかった。おれも手早く荷物をまとめて凛子につづき、図書室を、そして中学校を出た。空にはうすい雲が広がっていて、なんだかすっきりしない天気だ。

凛子の家は学校から徒歩約五分の場所にあるそうで、以前夜中に会ったコンビニからも近かった。私服に着がえて、スマホとお財布をとってくるとのこと。

「それなら、おれも一度帰って着がえてくる。スマホもないし」

「というか、波瑠くん、なんでついてこようとしてるの?」

真正面から不思議そうに問われ、「え」と動揺《どうよう》してしまう。たしかにおれは部外者だし、他人だけど。そういう流れじゃなかった?

「迷惑《めいわく》なら……でも」

なんだかおかしな方向にハイになっている凛子をひとりで行かせるのは、やっぱり心配だしよくない気がする。

おれがもごもごしていると、凛子はからっと笑った。

「うそうそ、冗談《じょうだん》。波瑠くんがついてきてくれるなら心強いし」

近くの駅で再合流する約束をして、凛子は家のほうへと駆《か》けていった。

……凛子が笑うのを、ひさしぶりに見たかもしれない。

おれもスクールバッグをさげなおし、自宅へと急いだ。

そうして帰宅し、私服に着がえて約三十分後。小走りでむかったのは、京成線《けいせいせん》の西登戸《にしのぶと》駅。住宅街のなかにある私鉄の小さな駅だ。地上にあるホームは一番線と二番線で乗り場がわかれていて、指定されたとおり、上りの京成津田沼《けいせいつだぬま》方面の一番線ホームの改札にむかう。

凛子は待ちくたびれたような顔で券売機のそばの壁《かべ》にもたれ、スマホをいじっていた。ひざ丈《たけ》のブルーのスカートに、えりもとにかざりのある白いT《ティー》シャツで、上にはうすい生地のカーディガンをはおっている。

「波瑠くんの私服、蓮也《れんや》の私服まんまだね」

なんて言われたおれは、えりつきシャツとジーパンという格好《かっこう》。なんとなく、カジュアルなT《ティー》シャツよりえりえりつきのシャツのほうが好きでよく着てる。

「まんまっていうか、蓮也の私服の衣装、おれの服なんだからあたり前だろ」

「それはそうだけど。イメージぶれないなって」

凛子は楽しそうにクックツ笑い、そしてスカートのすそをふわりとさせて改札のほうを指さした。

「じゃ、電車乗ろう」

ＩＣ《アイシー》カードで改札をぬけ、凛子が行き先を教えてくれないまま、やってきた電車に乗りこむ。もし東京まで行くんだったらチャージが足りないぞと不安になっていたら、上り方面の電車に乗って三駅目、京成幕張《けいせいまくはり》駅で下車。幸いにも千葉市内だ。

予想外に近くて、凛子ひとりで行く勇気がなかったのかもしれないと思った。

「えっと……多分、こっち」

スマホの地図アプリを見ながら歩く凛子についていき、五分ほどで二階建てのアパートの前に到着《とうちゃく》する。

「多分、ここの二階」

アパートの建物自体はきれいだったが、マンションみたいなエントランスはなく、敷地《しきち》内に自由に入れた。凛子は迷うことなく階段をのぼっていく。

「来たことあるの？」

「あるわけないじゃん。お父さんが出てったの、先週なんだから」

階段をのぼり、二階の廊下《ろうか》を進んですぐ、「ここだ」とつぶやいた。ドアには小さなプレートがあり、手書きの文字で『星野《ほしの》』とある。

凛子は大きく深呼吸し、インターフォンをおした。けど、時刻は午後六時前、父親は不在のようだ。

「どうするの？」

「ここで待つ」

そして、凛子はおもむろにトートバッグから五百円玉をとりだした。

「ここに来る途中《とちゅう》にコンビニあったでしょ。おかしと飲みものよろしく」

凛子は廊下《ろうか》の手すりにもたれかかってうでを組む。ここで父親を待つ気満々《まんまん》といった様子だ。

コマちゃんみたいによろこんでパシられる趣味《しゅみ》はないと思いつつも、おれは凛子に希望を聞いてコンビニへむかった。

アパートの住人に不審《ふしん》な目をむけられること数回、でもどこかに通報されることもなく、おれたちはチョコスナックとペットボトルのお茶を手に待ちつづけた。

「もうすぐ七時だねー」

スマホで時刻を確認した凛子が、手すりにもたれて空をあおぐ。

「お母さんに、ここに来ること言ってあるの?」

「言うわけないじゃん。そもそも、今日は仕事でおそくなるらしいから家にいないし。そういう波瑠くんは? 家になんて言ってきたの?」

「友だちと図書館でテスト勉強するって」

一応、チョコスナックをつまみながら英単語アプリをひらいてはいたものの、残念ながら勉強らしい勉強はできていない。

「わたし、まだここにいるけど。おそくなりそうだし、波瑠くんは先に帰ってもいいよ」

「もう少しいる。親には、メッセージ送っとく」

とはいえ、あと一時間くらいが限界かもしれない。あんまりおそくなると、親が心配して連絡《れんらく》してきそうだし。

そうなったら、凛子はいっしょに帰ってくれるだろうか。

「……あのさ、質問してもいい?」

「質問による。わたしのプライベートは安くないよ」

「凛子って、いつから〝看板女優〟やってるの?」

凛子は長いまつ毛をパチパチさせて見かえしてきた。

「どういう意味?」

石黒先輩《せんぱい》が凛子を「看板女優」と呼ぶのはともかく、凛子自身がそう自称《じしょう》するのが気になっていたのだ。

「前に渡部《わたなべ》さんから、凛子は小学生のころからよく舞台《ぶたい》に立ってたって聞いたんだ。何か、演技をするのが好きになったきっかけとか、あるのかなって」

少し考えるような間のあと、凛子は左手をひらいた。

「演じるのは、好きだと思う」

そして、数えるように左手の指を一本ずつ折っていく。

「現実じゃありえないような設定のキャラを演じるのは、おもしろい。別人になれる感じもいい。ふつうの生活じゃ、言わないようなセリフを言えるのも楽しい。あと、演じてるわたしはかわいい」

五本の指すべてを折って、こぶしをギュッとする。

「……はじめて演じたのが、幼稚園《ようちえん》のお遊戯会《ゆうぎかい》でさ。わたし、シンデレラやったの。キラキラのドレスを着て、舞踏会《ぶとうかい》でおどるの。超《ちょう》かわいかったんだから」

「へぇ」

「そのお遊戯会《ゆうぎかい》に、お父さんとお母さん、ふたりで観に来てくれたんだよね……」

凛子はにぎっていた手をひらき、パーにしておれの肩《かた》を軽くたたいた。

「波瑠くんのせいで、変なこと思い出しちゃったじゃん」

「凛子は、両親に見てもらいたくて演じてたってこと?」

ついストレートに聞いてしまったが、凛子は少し唇《くちびる》をとがらせ、「わかんない」とこたえる。

「でもべつに、それだけじゃないし」

「そっか」

「何かをやるのに、理由ってひとつじゃなくてもいいでしょ」

「たしかに」

なんとなくふたりして黙《だま》りこみ、街の景色に目をやった。少し前には街灯もまたたき、すっかり夜のよそおいになっている。

こうしているあいだにも時間は流れていて、チョコスナックだけでは空腹は満たされない。おにぎりも買おうかと財布の中身を考えていたそのとき、近づいてくる足音に気がついた。

だれかが、階段をのぼってきている。

また不審《ふしん》な目で見られるのだろうかと、おれは少し身がまえた。けど、凛子はすぐに何かに気づいたような顔になり、階段のほうを見やる。

「――パパ！」

スーツ姿の、四十代後半くらいの中年男性だった。男性はおどろいたように目を丸くする。その目もとの雰囲気《ふんいき》が凛子によく似ていて、すぐに父親だとわかった。

「会いに来ちゃった」

年中夫婦ゲンカをしているという話だったし、怖《こわ》い人なんじゃないかと勝手に想像していた。けど、その男性は見るからにやさしそうな雰囲気《ふんいき》の人だった。うれしさと困惑半々《こんわくはんはん》といった表情で、こちらに小走りでやってくる。

「おどろいた。よく来られたね」

「スマホがあれば余裕《よゆう》だし」

ふふんと笑った凛子に父親はほほえむように目を細め、それからおれに気がついた。たちまち微妙《びみょう》な空気が流れ、おれは小さく頭をさげる。

「もしかして……凛子の彼氏《かれし》?」

「やだ、なわけないし！　ただのクラスメイトだし！」

乃木坂が相手のときはあいまいにこたえたくせに、父親には全力で否定するのか。

都合よく使われてるなぁと思いつつ、「クラスメイトの豊川《とよかわ》です」と名乗った。

凛子のお父さんはその場で凛子の母親とおれの親に連絡《れんらく》をとり、これから三人でファミレスで夕食をとること、そのあと車で自宅まで送ることを伝えた。

「ここまで来てくれたのに、そのまま追いかえすのもしのびないしね」

そうして、アパートの駐車場《ちゅうしゃ》にとめてあった車に乗りこみ、近くの国道沿いのファミレスに移動することになった。

父親に会えてうれしかったのか、助手席にすわった凛子はなんだかはしゃいだ様子でクラスや映研の話をしていて、ひとり後部座席のおれはだんだんと当初の目的がよくわからなくなってくる。

そうしてファミレスに到着《とうちゃく》するとすぐにテーブル席に案内され、タッチパネルで注文をすませた。おれと凛子が先にドリンクバーコーナーへ行くことになり、ドリンクマシンの前でふたりになるやいなや、凛子がまじめな顔になる。

「どうしよう」

その言葉に、凛子がふつうに楽しんでいるだけではなかったことがわかった。

「泣いてわめいて、つれもどすんだろ?」

「わたしだって、そのつもりだったけど……ここで?」

チラと周囲に目をやった。ファミレスには家族づれが多く、明るくにぎやかな声があちこちから聞こえてくる。愉快《ゆかい》な音楽を流している、ネコ型《がた》の配膳《はいぜん》ロボットもうろうろしている。

「アパートとか、車のなかとか、チャンスはいくらでもあったのに」

「しょうがないじゃん。そういう感じじゃなかったっていうか……」

もごもごしはじめる凛子に、おれはドリンクバーのカップを手にとり、ため息でかえした。

「おれは、このままハンバーグ定食を食べて家に帰るのでもいいけど」

「わたしはよくない」

「じゃあ、場所とか関係ないんじゃない?」

凛子は黙《だま》った。そしておれは、おせっかいだとわかっていつつも、ここまで来たら乗りかかった船。ここ最近、ずっと考えていたことを伝えた。

「嘘《うそ》ってつかれない?」

凛子のことを昔から知っている女子たちは、凛子の嘘泣《うそな》きを見ぬいてた。うちの父さんの変なプライドとか強がりを、母さんはちゃんとわかってた。そんな嘘《うそ》をつきつづける意味って、あるんだろうか。

そういうのって結局、しんどいだけじゃないのか。

「なんというか、おれもキャラを作ってるようなところがあるから、そう思うんだけど」

「波瑠くん、男が泣くかどうか問題、気にしてたもんね」

今思えば、真《しん》にあんなふうに言うべきじゃなかった。おれのほうこそ、ごちゃごちゃ変なことばかり気にしていたんだと思う。

泣くも泣かないもその人の自由でしかなくて、だれかが決めた〝らしさ〟のためにコントロールするものでもない。

「そういうの、かっこ悪いと思ってたんだよ。でも、ちょっと調べたらさ。泣いて感情表現するのって、昔は男も女もふつうのことだったんだって」

おれが読んだ本のことを説明すると、凛子は「へー」と声をあげた。

「それに、思ってることは、ちゃんと口にしたほうがすっきりするのかもって、演技でも思ったりした」

慣れないことばかりの撮影《さつえい》だけど、演技でセリフに感情を乗せるのは、予想外におもしろかったし、なんだかすっきりもした。ふだんはとじている、心のふたがひらくような感じもあった。

そして、それがすっきりしたということは。

感情を表に出すということを、自分はふだん、あまりやっていなかったんじゃないかと思ったりしたのだ。

も気がついたのだ。

「嘘泣《うそな》きってさ、嘘《うそ》の感情を表現することなんじゃないかって思った。だから、つかれそうだなって。それって、周囲も自分もだましてるってことだし」

「演技なんて、嘘《うそ》ついてなんぼじゃん」

「でも、『演技に乗せる感情は、ホンモノのほうがいい』って、前に言ってたのは凛子だよ」

凛子は近くにあった空のグラスに手をのばすと、氷も入れずにドリンクマシンにセットして、オレンジジュースのボタンをおした。

それぞれドリンクを手にしておれたちが席にもどると、凛子のお父さんが入れかわるように席を立ってドリンクコーナーへむかう。その背中を見つめ、凛子はポツリと口をひらく。

「……ちゃんと話、してみるよ」

すぐに、お父さんがホットコーヒー片手にもどってきた。おれたちのむかいの席についてそうそう、凛子が姿勢を正すようにして切りだす。

「最近は、こんなふうに話してなかったよね。家じゃ、ケンカばっかりだったしさ」

お父さんはふいをつかれたような顔になり、チラとおれのほうを見た。すかさず凛子が

「波瑠くんには、うちの事情、話してあるから」と伝える。

お父さんは静かに嘆息《たんそく》して、「そうだね」とこたえた。

「急に家を出て、凛子もおどろいたよね」

「本当にびっくりした。学校から帰ったら、パパの荷物なくなってるんだもん」

ひっこしには、荷物の準備はもちろん、ひっこし先の物件さがしや契約《けいやく》なども必要なはずだ。それってつまり、凛子の知らないところで、別居の準備が進められていたということで。

「なんで話してくれなかったの?」

「もちろん、話さなきゃと思ってたんだけど……」

「あとからメッセージで報告なんて、ずるいよ」

お父さんは「ごめん」と小さな声で謝ってその目をふせた。

嘘泣《うそな》きをするなら、今だと思った。

凛子は大きな目でまっすぐに父親を見つめたまま、表情を変えない。大きく深呼吸して、
やがて、「ごめん」とお父さんと同じようにかえし、そして。

ようやく、その目がうるんだ。

目のふちに涙《なみだ》が盛りあがりかけ、でも。

凛子は顔をあげて、涙《なみだ》をのんだ。

「言えなかったんだよね。わたしが、泣いてばっかりだったから」

そして、笑った。

「泣いてもしょうがないって、わたしもわかってたんだけどさ」

ほかに、どうしようもできなくて。

そうつづけられた凛子の言葉に思った。

所詮《しょせん》おれたちは子どもで、大人の事情にはふみこめない。

お金も時間も自由にできないことが多いし、自分で決められないことばかり。

そんな凛子が使える数少ない武器が、涙《なみだ》だったのかもしれない。

「泣いてばっかりでごめんね」

「それは、父さんたちが――」

「もっと早く、こんなふうに話をしたらよかったのかなぁ」

凛子はペーパーナプキンでふたたび目もとをぬぐうと、はー、と大きく息をはきだした。

「わたしも泣くの、つかれちゃった」

凛子はオレンジジュースをひと口飲む。

「今日もさ、本当はたくさん泣いて、パパが家に帰りたくなるようにしてやろうと思って来たんだよ。でもさ、会ったら話したいこととか、たくさんになっちゃってさ。泣いてこまらせることだけに時間を使うより、そういうことにも時間を使ったほうがいいなって、思ったりもして。『限られた時間をどう使うかは、大事だから』」

凛子は明るい表情で澄花のセリフを引用し、そしてお父さんに聞いた。

「ママとのことは、わたしにはどうにもできないけど。ママと離婚《りこん》しても、こんなふうにまた会える?」

お父さんは何度も何度もうなずいて、「もちろん」とこたえた。

「凛子がいやだって言わないかぎりは」

「あとわたし、これからは思ったこと、もっとちゃんと言うから。覚悟しておいてね」

そのとき、明るい音楽を流しながら、ネコ型《がた》の配膳《はいぜん》ロボットが近づいてきた。「ごはんの時間にゃ〜」なんて声が聞こえ、凛子は笑った。


それぞれ食事をおえたあと、凛子とおれはミニパフェを追加で注文した。凛子がお手洗いで席を立ち、その背中を見送っていたら、ふいに凛子のお父さんに礼を言われた。

「豊川くん、今日は凛子についてきてくれてありがとう。他人の家族のこんな話、あんまり聞きたくなかっただろうけど」

お父さんは苦笑し、おれは「はい」とも「いいえ」とも言えず、あいまいに笑っておく。

「その……星野さん、最近悩《なや》んでる様子だったので。よかったです」

他人の家のことは、実際のところはよくわからない。凛子の悩《なや》みが本当に解決したのかもわからないし、これから親が離婚《りこん》するとなったら、おれにはわからない大変なこともたくさんあるんだろうなとも思う。

けど、わからない他人だからこそ、話を聞けることもあるのかもしれない。

クラスメイトだし、映画では相手役だたし。そういう距離《きょり》感だからこそできることがあるなら、手を貸すことくらいはできたらいいなと思う。

「ところで、豊川くん、本当に彼氏《かれし》じゃないの？」

「ちがいます」

「本当に？　中二で彼氏《かれし》はちょっと早いし、それならいいけど……凛子のこと、じつは好きだったりしないの？」

「しません」

「えー、凛子、あんなにかわいいのに。豊川くん、見る目ないなぁ」

おれが彼氏《かれし》なのはいやなのに、どうしてすすめてくるんだろう。

お父さんのそんな口調に凛子と似たものを感じつつ、おれはもう一度「ありえません」と念をおしてカルピスソーダを飲みほした。

きみが咲《さ》くまであと❻

26 ―― 病院の個室（昼）

澄花《すみか》の手もとノートのアップ。

《わたしが花になるまでに叶《かな》えたいこと》リストで叶《かな》えられたものに横線をひき、ひとつずつ消していく。

27 ― 学校の教室（昼）

人のいない教室。
黒板にチョークで『期末テストまであと二週間！』と書かれている。

28 ― 病院の個室（昼）

ノートをひらき、蓮也《れんや》に見せる澄花。蓮也は私服姿。
ノートのリストの末尾《まつび》に、《蓮也くんがわたしのことを忘れる》と書かれている。

澄花「こういうことなので、今日でお見舞《みま》いはおしまいです」

蓮也は黙《だま》ってかたまっている。
澄花のうでだけでなく、額や首にも小さな花が無数に咲《さ》いている。

澄花「今までありがとう」
蓮也「急に、そんな……」

澄花「最近、むしってもむしっても花が咲《さ》くんだ」

澄花は自分のうでに目をやる。

澄花「おしまいが近いんだと思う。だから、お見舞《みま》いもおしまい」

蓮也「意味わかんない」

澄花「蓮也くん、最近、あんまり学校に行ってないんでしょ？　お見舞《みま》いに来てくれたクラスの子が教えてくれた」

蓮也「それは――」

澄花「これからいなくなっちゃう、わたしを逃《に》げ場にするのはよくない。だから、蓮也くんは、もう来たらだめ」

……

30 ― 学校の正門の前（昼）

蓮也は制服姿でスクールバッグをさげている。
深呼吸をして正門をぬける。

31 ― 学校の図書室（昼）

真剣《しんけん》なまなざしで勉強をしている蓮也。
窓際の一輪ざしに、ヒマワリの花が生けてある。

32 ― 学校の廊下《ろうか》（昼）

掲示板《けいじばん》に、二学期におこなわれる文化祭の案内が貼《は》ってある。
足をとめた蓮也がその貼《は》り紙をじっと見る。

●REC

33 ― 蓮也の家（夜）

リビングにいる私服姿の蓮也。
玄関《げんかん》のほうから母親の声が聞こえてくる。

母親「ただいまー」

玄関《げんかん》に移動する蓮也。
スーツ姿の母親がパンプスをぬいでいる。

蓮也「おかえり」

母親「……出迎《でむか》えなんて、めずらしい」

蓮也「夕飯、用意してある。それと」

蓮也は緊張《きんちょう》したように小さく深呼吸して切りだす。

蓮也「少し、話がしたくて」

…

39 ― 病院の個室（昼）

病室のドアをあける蓮也。制服姿。

ベッドに横になっている澄花は見るからにだるそうで、その頬《ほほ》にも花が咲《さ》いている。


澄花「……来ないでって、言ったのに」

蓮也はベッドに近づき、スクールバッグから出した紙を見せる。

蓮也「このあいだの期末テストで、学年一位とってきた」

目を丸くする澄花。

蓮也「あれから、学校も休んでない。クラスメイトにも、話しかけるようにしてる。二学期の文化祭も、実行委員に立候補した。あと、母親とも話した」

澄花は蓮也に目をやる。

蓮也「うちも、澄花の家と同じなんだ。おれ、父親のつれ子で。母親とは血がつながってない。なんとなく、ずっとうまくいってなくて、会話もあんまりなくて。でも、

● REC

このあいだ、進路の話とか、はじめてしてみた。ちゃんと話せたと、思う」

蓮也はその場にしゃがみ、横になったままの澄花と視線をあわせる。

蓮也「ぼくは、ちゃんとやれる。澄花を逃《に》げ場にしなくても、ちゃんとやれる。だから」

蓮也は澄花の手をにぎる。

蓮也「最後のリストは、変えてもらえませんか」

蓮也と澄花は見つめあったまま動かない。

やがて、澄花が顔をゆがめて涙《なみだ》をこぼす。

澄花「……しょうがないなぁ」

クランクアップ

撮影《さつえい》がはじまってから、もうすぐ一か月。

七月になってすぐ、三日間にわたる期末テストも終了《しゅうりょう》し、撮影《さつえい》はすぐに再開された。土日も使って、これまで撮影《さつえい》できていなかった公園や家のなかでのシーンを一気に撮影《さつえい》し、いよいよ残すはラストシーン。

気づけば梅雨も明けていて、夏もまっ盛り。その日、おれたちは放課後になってすぐに学校を出て、徒歩三十分かからない距離《きょり》にある海浜《かいひん》公園、千葉ポートパークに来た。地上百二十五メートルの高さがある千葉ポートタワーは表面が鏡のようなガラスにおおわれていて、真夏の青空を映して明るいブルーになっている。

潮風はなまぬるく、気温は三十度超《ご》え。砂浜《すなはま》には、遊んでいる小さな子どもの姿がちらほらとあったが、人はそこまで多くない。

「よっしゃ、すぐ撮《と》るぞ」

というわけで、近くのトイレでおれと凛子《りこ》はそれぞれ衣装に着がえ、さっそく撮影《さつえい》がはじまった。私服に着がえてもどると、石黒先輩《いしぐろせんぱい》は海岸の景色を撮影《さつえい》していた。砂浜《すなはま》に青い造花をおいたりもしていて、花びらが風にゆれてなんだかいい絵に見える。一方、渡部《わたなべ》さんは波打ち際にマイクをむけ、波の音を録《と》っていた。そんなふたりの様子は少し目立っていて、通りすがりの人にものめずらしそうに見られている。

こういうのも、あと少しでおしまいか。

期末テスト後は今までのおくれをとりもどすように撮影《さつえい》が進められていたが、大きなトラブルはなかった。あの日以来、凛子もすっきりした顔で撮影《さつえい》に参加している。

『離婚《りこん》、正式に決まったんだって』

昨日《きのう》、撮影《さつえい》の合間に凛子が話してくれた。お父さんと話したのをきっかけに、お母さんともふたりでじっくり話をしたのだという。

『別居の準備も離婚《りこん》の準備も、じつはずっと前からしてたってわかってさ。わたしの嘘泣《うそな》きなんか、なんにも意味なかったってことだし』

ウケる、と凜子は自嘲《じちょう》するように笑う。けど、その表情はどこかすがすがしい。

『もう嘘泣《うそな》きしなくてもいいんだと思ったら、気が楽になった』

そんな凜子の今日の衣装は、真っ白なワンピース。日傘《ひがさ》を差してこちらにやってくると、その場でくるりとまわる。

「見て見て、かわいくない？」

凜子本人もお父さんも言うように、たしかに凜子はかわいかった。おろした長い黒髪《くろかみ》が海風に吹《ふ》かれてなびき、とてもさまになっている。

「……幽霊《ゆうれい》っぽい」

ついそんなことを口にしたら、思いっきり日傘《ひがさ》でつかれた。

「ほかに言うことないわけ？」

「幽霊《ゆうれい》の役なんだから、あってるってことだろ」

今日の撮影《さつえい》は、澄花《すみか》が亡くなったあとのラストシーン。今日の凜子の役は、蓮也《れんや》が海辺で見る澄花の幻影《げんえい》、つまりは幽霊《ゆうれい》みたいなものだと思うのに。

「そういうことじゃないし。そういうところだよ、波瑠《はる》くんは」

よくわからないが、脚本《きゃくほん》の余白に『そういうところ』とメモをとっていたら石黒先輩《せんぱい》に呼ばれ、撮影《さつえい》がはじまった。

セリフのほとんどないシーンなので、リハーサルは順調。そうして、いよいよ撮影《さつえい》本番。

「アクション！」

おれはひとり砂浜《すなはま》を歩いていく。大事に持っているのは、ジッパーつきの小さな袋《ふくろ》。なかには、青い花びらが入っている。亡くなった澄花が遺《のこ》した花びらを数枚もらったので、澄花に生前頼《たの》まれたとおり、海にまきに来たのだ。

花びらをとりだし、手のひらに載《の》せるとすぐに風に吹《ふ》かれ、海のほうに飛んでいった。

午後四時すぎでも日射しは強く、海はギラギラとかがやいていて目を細める。

そんな蓮也の視界の先、波打ち際のほうに白い人影《ひとかげ》があった。

裸足《はだし》で波打ち際を歩いていた澄花は、ふと蓮也に気づいたように、くるりとふりかえる。

そして、蓮也を見て泣き笑いのような表情になり、口パクで何かを伝える。

ありがとう。

その目から、つっとひとすじ涙《なみだ》が流れた。

……すごい。ちゃんと泣けてる。

石黒先輩《せんぱい》は、うまく泣けなかったら泣かなくてもいいと凛子に事前に伝えていた。演技が不自然になるくらいなら、涙《なみだ》はなくてもいいと。

けど、凛子は自信満々《まんまん》にこたえた。

『看板女優ですから、これくらい余裕《よゆう》です』

嘘泣《うそな》きの女王の涙《なみだ》は、今日も完ぺきだった。

ただもうその武器を、彼女《かのじょ》は今までのようには使わないんだろう。涙《なみだ》を使っても、他人を思うようにコントロールできるわけじゃない。それを凛子はもう知っていて、そのうえで澄花の涙《なみだ》を演じている。

いろんなものがすっきりしたすえの表情は、本当にすがすがしく、とてもきれいで、なんだか胸が熱くなる。

蓮也として、澄花と——凛子とむきあうのも、これでおしまい。

わけがわからなかったし大変なことも多かった。それでも、こみあげてくるいろんな感情は悪いものじゃなかった。

最後にこんな笑顔を、涙《なみだ》を見られたのが、なんだかすごくうれしくて。

「――っ」

ふいに視界がゆがみ、演技も忘れて目を見ひらいた。

思わず自分の頬《ほほ》にふれ、ぬれていることに気がつく。そして。

「カーット！」

石黒先輩《せんぱい》の声にハッとして顔をあげた。おれ以外の全員が、おどろいたような目でこちらを見ている。

おれはあわてて頬《ほほ》を手の甲《こう》でぬぐい、ごまかすように笑った。

「なんか、勝手に涙《なみだ》が出てた。砂でも入ったのかも……」

はは、と笑ったおれの言葉は無視された。石黒先輩《せんぱい》と渡部さん、そしてコマちゃんはカメラの映像を見かえしている。

そのとき、凛子が近づいてきて、おれの顔をのぞきこんだ。

「波瑠くん、泣けるんじゃん」

「うっさい。その、砂が目に入っただけっていうか」

「照れちゃってー」

自分こそ、さっきまできれいに泣いていたくせに。凛子は笑っておれをからかう。

それから少しして、石黒先輩《せんぱい》は「いいもん撮《と》れた！」と声をあげた。

「撮《と》りなおしは？」

演技も忘れて泣いてしまったし、当然撮《と》りなおしかと思っていたのに。

「こんなにいい絵、使わないわけないだろ」

人前で涙《なみだ》を見せるのは、今だって恥《は》ずかしい。

できればさけたい気持ちはやっぱりある。

それでも、まぁいっか、みたいな気持ちが今は強かった。

それはあきらめじゃない。なんというか、こういう自分もアリなのかもって、認めるような気持ちだ。

「よくやった」なんて石黒先輩《せんぱい》にほめられ、おれはすなおに「ありがとうございます」とこたえておいた。

――こうして、七月の初旬《しょじゅん》。

予定していたとおり、『きみが咲《さ》くまであと』の撮影《さつえい》はすべて終了《しゅうりょう》した。

クランクアップ

● REC

きみが咲《さ》くまであと⑦

42

― 砂浜《すなはま》（昼）

三か月後

青い空。打ちよせる波と砂浜《すなはま》。

長そでのジャケットを着た蓮也《れんや》が、砂浜《すなはま》を歩いていく。

蓮也は波打ち際で足をとめ、ジャケットのポケットから小さな袋《ふくろ》を出す。なかには青い花びらが入っている。

蓮也が手のひらに花びらを載《の》せると、風に吹《ふ》かれて飛んでいく。

×　　×　　×

（フラッシュバック）

ページがひらかれた澄花《すみか》のノート。

ノートの最後には、取り消し線で消された《蓮也くんがわたしのことを忘れる》と、《わたしが死んだら蓮也くんが花びらを海にまく》の二行が書かれている。

×　　×　　×

その場でぼうっとしている蓮也は、ハッとしたように顔をあげる。

はなれたところに、白いワンピース姿の澄花が立っている。

澄花は蓮也のほうを見て泣き笑いのような表情を浮《う》かべ、口を動かして「ありがとう」を言う。蓮也にその声は聞こえない。

笑顔のまま、澄花は涙《なみだ》をひとすじこぼす。

蓮也は一歩前に出かける。だが、すでに澄花の幻影《げんえい》は消えている。

蓮也はゆっくりと空をあおぐ。

● REC

×　×　×

砂浜《すなはま》を去っていく蓮也。
やがてだれもいなくなった砂浜《すなはま》に、青い花びらが舞《ま》いおちる。

（終）

完成披露《ひろう》試写会

すべての撮影《さつえい》が終了《しゅうりょう》し、おれの映研での役者生活はおわった。

おれはとどこおりがちだった生徒会の仕事に精を出し、以前のような毎日にもどっていった。学校では二学期に文化部の発表などがおこなわれる文化祭があり、夏休みはその準備と塾《じゅく》の夏期講習でいそがしかった。

そんな夏休みの最中《さなか》、お盆《ぼん》休みがおわったころ。

コマちゃんが、生徒会室に顔を出した。

「失礼します。波瑠《はる》くんいますか?」

ひさしぶりに会ったコマちゃんまで、おれのことを「波瑠くん」呼びしていた。

生徒会メンバーの視線が、いっせいにおれにむく。

「豊川《とよかわ》くん、一年生に『波瑠くん』とか呼ばれてんの？」

「ウケるんだけど」

「おれがだれになんと呼ばれようと、責任の所在はおれにはないとは思いません？」

そして、コマちゃんは持っていたビラのようなものをかかげてこちらに見せてきた。

「映画の編集がおわったんで、試写会やります」


かくして、夏休みもあと数日でおわろうかというその日、視聴覚室《しちょうかくしつ》で『きみが咲《さ》くまであと』の完成披露《ひろう》試写会がおこなわれた。

おもしろがってついてきた生徒会のメンバーとともに視聴覚室《しちょうかくしつ》に行くと、すでにいすは半分ほどうまっていた。声の出演をした養護教諭《きょうゆ》の浜中《はまなか》先生や、エキストラとして参加した生徒などもいるようだ。こちらに気づいた真《しん》が手をふっていて、演劇部の部員も何人かいた。

教室の前方にはすでにスクリーンが設置されていて、そばでふんぞりかえっていた石黒《いしぐろ》先輩《せんぱい》が顔をあげた。赤いハイビスカスのアロハシャツ姿で、夏休みとはいえ学校であれはありなのかと疑問に思う。

「お、主役のおでましだ」

みんなの視線がいっせいにこちらにむき、パチパチと拍手《はくしゅ》される。渡部《わたなべ》さんに「主役はこっち」と指定され、おれは恐縮《きょうしゅく》しながら前方の席にむかった。映研の撮影《さつえい》に参加していた期間は約一か月で、それよりももう長い時間がたっている。だというのに、撮影《さつえい》時のころの空気にあっという間にひきもどされ、思いがけずなつかしさがこみあげた。

最前列の席につき、真っ白なスクリーンを見つめると、今さらながら複雑な気持ちにもなってくる。撮影《さつえい》した映像や練習時に撮《と》った動画で、自分の演技を観ることにはだいぶ慣れた。とはいえ、こんなに大きなスクリーンで三十分も自分の顔を観るなんて、大勢に観られるなんて、たえられるだろうか……。

「やっほー、波瑠くん」

となりからふいに声をかけられ、目をやっておどろいた。

ストンと腰《こし》かけたのは凛子《りこ》。凛子が何かと唐突《とうとつ》なのはいつものことなので、それはまぁいいんだけども。

「その髪《かみ》……」

長かった髪《かみ》が、ばっさり短くなっていた。ボブヘアの渡部さんよりも短い、ショートヘアだ。おかげで、頭の丸みとその顔の小ささが際立っている。

「夏休みになってすぐに切ったの。いろいろすっきりしたから」

いろいろ、というのは、映画の撮影《さつえい》のことだろうか。それとも、親のこと？

聞きたい気持ちはもちろんあった。けど、大勢の人がいる場でするような話でもないので、それは映画のあとにしよう。

「どうどう？　かわいいでしょ？」

えり足を指先でいじりつつ、凜子は見せつけるようにしてくる。おれはすなおにうなずいた。

「凜子はなんでも似あうね」

ひさしぶりに「凜子」と口にしたら、一拍《ぱく》おくれて心臓がドキッとした。やっぱり、女子を下の名前で呼ぶのには慣れない。

そして一方の凛子はというと、何かが気に入らなかったらしい。不満そうな顔で、おれの肩《かた》をパシンとたたく。

「波瑠くんはやっぱり、そういうところだよ」

なぜかだめ出しされた。やっぱり凛子はよくわからない。

その後もパラパラと人が集まってきて、五分ほどで試写会はスタートした。視聴覚《しちょうかく》室の電気が消され、コマちゃんが自分でスポットライトを操作し、マイク片手に光の中央に歩みでる。

「みなさん、今日はお暑いなか、映像研究会の新作映画の試写会に、ようこそおこしくださいました！」

さっそく拍手《はくしゅ》が送られ、コマちゃんはペコッと頭をさげた。

「本作『きみが咲《さ》くまであと』は、映研がほこるわれらが天才、石黒浩《ひろ》会長がシナリオを書きおろした作品です。それでは、脚本《きゃくほん》、監督《かんとく》の石黒先輩《せんぱい》から、まずはごあいさつを！」

コマちゃんがうやうやしくマイクをわたす。石黒先輩《せんぱい》は「どーもどーも」といかにも大物らしく手をふりながら、スポットライトの中央に出た。

「本日は誠にありがとうございます。今回、撮影《さつえい》にいたるまでにさまざまなトラブルもあったのですが、関係者のみなさまのご尽力《じんりょく》により、なんとか完成までこぎつけられました。この場を借りてお礼申しあげます。ありがとうございました」

予想外にまっとうなあいさつで、おれもみんなといっしょに拍手《はくしゅ》をする。

「とまぁ、前置きはこれくらいで、とりあえず、映画を観てください。——あ、鑑賞《かんしょう》時のポイントをひとつだけ」

石黒先輩《せんぱい》がふいにおれを見て、にたりと笑った。

「主演の涙《なみだ》に、ぜひご注目を」

視聴覚《しちょうかく》室中の視線がおれにむき、わっと盛りあがるような拍手《はくしゅ》。

上映がおわったあとの反応が怖《こわ》すぎる……。

かたまっていたら、となりの凛子がひじでついてきた。愉快《ゆかい》そうな目をむけられ、おれは降参するように肩《かた》をすくめてスクリーンに目をやる。

石黒先輩《せんぱい》が手で合図し、渡部さんがパソコンを操作した。

『5、4、3、2、1……』とカウントダウンの数字が映され、そして。

スクリーンが青一色にそまった。

『きみが咲《さ》くまであと』というタイトルが浮《う》かびあがり、花が散るようなモーションとともに、文字が散って消えていく。

おれはとなりの凛子の横顔をうかがった。まっすぐにスクリーンを見つめる大きな瞳《ひとみ》が、青い色を映している。

おれは息をとめ、前にそっと目をもどすと、蓮也《れんや》の気持ちを思い出した。

fin

あとがき

最後まで読んでいただき、ありがとうございました。神戸遥真《こうべはるま》です。

Gakkenさんとはこれまでも何度かお仕事させていただいていたのですが、このたびはじめて単著を出していただきました。うれしいです！

楽しく読んでいただき、何か感じてもらえる部分があったらいいなぁと思います。

今作では「男の涙《なみだ》」がテーマのひとつでしたが、みなさんは最近泣きましたか？

私は最近ものすごくはまっているアニメがありまして、毎週泣きながら観ており、気がついたら原作の漫画《まんが》もすべて買っていました。そのうちアニメのBlu-ray《ブルーレイ》も買うかもしれません。

年をとったせいか、最近はこんな感じでアニメや小説に感動して泣くことばかりなのですが、若いころはそれこそさまざまな理由で泣いていたような気がします。そして思いかえすと、同級生の男子たちの涙《なみだ》というのは滅多《めった》に見なかったような気もします。

作中でも、昔は男女関係なく泣いて感情表現をするのがたしなみのひとつだったと紹介しています。なぜ現代では「男の涙《なみだ》」は忌避《きひ》されるのか、考えてみると不思議です。

昨今、さまざまな価値観が大きく変化していて、「らしさ」の問題もそのひとつです。今の大人たちの子ども時代の「あたり前」が、この数年でも大きく変わりました。どうか今の若い人たちには、そんな「あたり前」に疑問を持ってもらえたらと思います。そして昔は若い人たちだった私もふくむ大人たちは、かつて自分たちを無意識に縛《しば》りつけていた「あたり前」について、あらためて考えてもいいのではないかと思います。


最後に謝辞です。

今作では、アマチュア時代からのよき友人である舟崎泉美《ふなさきいずみ》さまに、映画撮影《さつえい》についてお話をうかがいました。小説家でライターで脚本家《きゃくほんか》で映画監督《かんとく》で……とマルチに活躍《かつやく》されているすごい友だちがいて幸せです。またたくさんおしゃべりしましょう。

このほか、素敵な装画をご担当いただいた荻森《はぎもり》じあさま、担当編集の岡澤《おかざわ》さま、この本に関わってくださったすべての方にお礼を申しあげます。

そして何より、この本を手にとってくださった読者さまには最上級の感謝を。

ほかにも色々と本を出しているので、よかったら著者名で検索してみてください。

それでは、またべつの作品でお会いできますとうれしいです！

二〇二四年十一月　神戸遥真

神戸遥真（こうべ　はるま）

千葉県出身の小説家。

「恋ポテ」シリーズで第45回日本児童文芸家協会賞、『笹森くんのスカート』（以上講談社）で、令和5年度児童福祉文化賞を受賞。第21回千葉市芸術文化新人賞奨励賞を受賞。「ぼくのまつり縫い」シリーズ（偕成社）など著書多数。

萩森じあ（はぎもり　じあ）

兵庫県出身のイラストレーター。

繊細なタッチを得意とし、透明感や憂いを帯びた〝学生〟をよく描く。書籍表紙やミュージックビデオ用のイラスト、ポスターイラストなど様々なジャンルを手掛けている。その他、展示会やアートイベントへの出展など幅広い活動を行っている。

≪参考資料≫　『学研現代新国語辞典　改訂第六版』
金田一春彦／金田一秀穂編、Gakken、2017年
『ジェンダーレスの日本史　古典で知る驚きの性』
大塚ひかり、中公新書ラクレ、2022年

≪取材協力≫　舟崎泉美様

ティーンズ文学館

嘘泣き女王のクランクアップ

2024年11月19日　第1刷発行

著　神戸遥真
絵　萩森じあ
デザイン　bookwall

発行人　川畑 勝
編集人　高尾俊太郎
企画編集　岡澤あやこ
編集協力　上埜真紀子
DTP　株式会社アド・クレール

発行所　株式会社Gakken
〒141-8416　東京都品川区西五反田2-11-8
印刷所　TOPPANクロレ株式会社

この本に関する各種お問い合わせ先
●本の内容については、下記サイトのお問い合わせフォームよりお願いします。
https://www.corp-gakken.co.jp/contact/
●在庫については　Tel 03-6431-1197（販売部）
●不良品（落丁・乱丁）については　Tel 0570-000577
学研業務センター　〒354-0045 埼玉県入間郡三芳町上富279-1
●上記以外のお問い合わせは　Tel 0570-056-710（学研グループ総合案内）